Heike Abidi

Plötzlich 14

PINK • Ein Imprint von Oetinger Taschenbuch

Außerdem von Heike Abidi bei PINK erschienen:

Tatsächlich 13 (Band 1)
Close-Up
Sunny Days

PINKpressum

PINK • Ein Imprint von Oetinger Taschenbuch

2. Auflage 2016

Originalausgabe

Druck: GGP Media GmbH, Pößneck
ISBN: 978-3-86430-047-9

FSC www.fsc.org
MIX
Papier aus verantwortungsvollen Quellen
FSC® C014496

www.oetinger-taschenbuch.de

Inhalt

Kapitel 1: Friede, Freude, Eierkuchen
Oder: Na logisch sind Liebesbeweise käuflich! SEITE 7

Kapitel 2: Einjähriges
Oder: Ich liebe Überraschungen! Eigentlich ... SEITE 20

Kapitel 3: Vollkrise
Oder: Das Leben ist eines der härtesten SEITE 34

Kapitel 4: Funkstille
Oder: Aus den Augen heißt noch lange
nicht aus dem Sinn SEITE 49

Kapitel 5: Auch das noch!
Oder: Wie unfreundlich muss ich
denn sein, damit er es schnallt? SEITE 61

Kapitel 6: Baggerpost
Oder: Zu jung? Zu alt? Zu kompliziert! SEITE 72

Kapitel 7: Ziemlich beste Exfreunde
Oder: Gefühle würden alles nur
komplizierter machen SEITE 85

Kapitel 8: Schnappatmung!
Oder: Mein Buch ist da, ich dreh
durch … und alle anderen auch SEITE 99

Kapitel 9: Plötzlich 14
Oder: Kuschelbärchen genannt zu
werden ist das Grauen! SEITE 109

Kapitel 10: Schluss mit lustig
Oder: Nie wieder vertraue ich Jill etwas an! SEITE 122

Kapitel 11: Single-Blues
Oder: Hilfe, ich bin von Paaren umzingelt! SEITE 134

Kapitel 12: Freundschaft plus X
Oder: Oma Lydia hat nicht nur
den Durchblick … SEITE 144

Kapitel 13: Mac Date
Oder: Der Nürnberger Weihnachtsmarkt
findet ohne uns statt SEITE 155

Kapitel 14: Christkind!
Oder: Es gibt doch noch echte
Weihnachtsüberraschungen! SEITE 166

Kapitel 15: Punktlandung
Oder: Erst bin ich sprachlos –
und dann wunschlos glücklich SEITE 177

01

Friede, Freude, Eierkuchen

Oder: Na logisch sind Liebesbeweise käuflich!

»**IST ES NICHT TOLL,** dass wir heute einen richtigen Mädels-Einkaufsbummel unternehmen?«, flötet Mum, während sie unsere Familienkutsche ins Parkhaus manövriert.

»Supercool«, bestätigt Tessa, und Mum strahlt zufrieden. Wenn sie sich da mal nicht zu früh freut! Wetten, dass meine kleine Schwester unsere Mutter im Lauf dieses Nachmittags in den Wahnsinn treiben wird?

Ich grunze bloß nichtssagend. Denn ich habe keineswegs vor, mit einer Nervensäge und **Miss Familienrat** zusammen shoppen zu gehen. Vielmehr bin ich im Einkaufszentrum mit meiner besten Freundin Jill verabredet. Aber wir wollen so tun, als wenn es ein zufälliges Treffen wäre …

»Ich möchte einen mit Glitzer. Oder mit Ponys drauf. Oder mit Glitzerponys«, plappert Tessa auf dem Weg vom Parkhaus zur *Mall*, ohne Luft zu holen – jedenfalls hört es sich so an.

»Ganz sicher kaufe ich dir keinen Glitzer-Schulranzen«,

erwidert Mum streng, aber ich würde mein komplettes Juli-Taschengeld darauf verwetten, dass sie sich am Ende von Tessa breitschlagen lässt. Kaum zu fassen, wie abgeklärt die mit ihren sechs Jahren schon ist.

Ich dagegen bin mit fast vierzehn meistens nicht halb so cool. Gerade mache ich mir zum Beispiel Sorgen, dass Mum meinen Trick durchschaut. Tessa an meiner Stelle wäre das garantiert egal.

»Dann wenigstens einen Rucksack mit Manga-Motiv«, quengelt sie.

Mum wirft mir einen fragenden Blick zu.

»Mangas sind japanische Comics«, übersetze ich leicht genervt.

Irgendwie bin ich momentan dauernd leicht genervt – es sei denn, ich bin bei Nick. Dann bin ich natürlich überglücklich! Nick ist einfach toll – so nett und lustig und außerdem wahnsinnig gut aussehend. Unglaublich, dass wir jetzt schon seit fast einem Jahr zusammen sind …

»**Hej**, Henriette, das ist ja eine Überraschung!«, ruft plötzlich eine fröhliche Stimme. Jill lehnt Kaugummi kauend am Eingang einer Boutique und grinst uns an. »Hi Tessa, hallo Eva«, fügt sie hinzu.

Oh Mann! Auffälliger geht's ja kaum noch.

Wir hatten vereinbart, dass sie so tun soll, als ob sie uns rein zufällig über den Weg laufen würde. Hier so offensichtlich auf mich zu warten und etwas von **Überraschung** zu faseln ist nicht gerade das, was ich mir darunter vorgestellt habe.

Vermutlich würde Mum auch tatsächlich Verdacht schöpfen, wenn Tessa nicht in diesem Moment einen Jubelschrei loslassen und völlig begeistert auf ein Schaufenster deuten würde, in dem Schulranzen ausgestellt sind. Zielsicher hat sie sich in das hässlichste Teil von allen verliebt. »Juhuuu, Manga-Ponys mit Glitzer«, quietscht sie aufgeregt.

»Vergiss es!«, sagt Mum, aber sie klingt nicht halb so entschlossen wie Tessa.

Ich grinse, denn ich ahne, wer diesen Kampf gewinnen wird. Allerdings möchte ich nicht dabei sein, wenn die Nervensäge und Miss Familienrat sich fetzen.

»Du, Henriette, hilfst du mir, einen Bikini auszusuchen?«, rettet mich Jill. »Mein alter ist total kindisch, ich brauche dringend einen neuen – schließlich werde ich die Sommerferien mehr oder weniger im Schwimmbad verbringen.«

Mum wirft mir einen halb verzweifelten, halb verständnisvollen Blick zu. »Zieht nur los«, sagt sie. »Wir treffen uns in zwei Stunden hier wieder. Okay?«

»Wie du meinst«, sage ich so lässig, wie ich nur kann, denn eigentlich denke ich: Yesssss! Es hat funktioniert!

Erst als Mum und Tessa in dem Taschenladen verschwunden sind, atme ich auf.

»Mensch, Jill, das war ja nicht gerade eine schauspielerische Glanzleistung«, sage ich spöttisch.

»Na und? Ich versteh eh nicht, warum du deiner Mutter nicht einfach sagst, dass du lieber mit mir shoppen gehst«, meint Jill schulterzuckend.

»Ganz einfach: Weil Mum garantiert drei Tage lang beleidigt wäre, wenn ich ihr das so knallhart gestehen würde«, erwidere ich. »Aber mit ihr losziehen geht wirklich gar nicht, sie hat einen grauenhaften Geschmack. Schau dir doch bloß ihre Öko-Latzhosen an. Wer, bitte schön, trägt denn heutzutage noch so was?«

Jill hat gut reden! Elin ist ja auch die coolste Mutter unter der Sonne. Ob das daran liegt, dass sie Schwedin ist, oder daran, dass sie Jill allein erzieht, oder ganz einfach daran, dass sie grundsätzlich so entspannt drauf ist, weiß selbst Jill nicht. Doch Tatsache ist: Ich habe meine Freundin schon sehr oft darum beneidet, wie wenig Verpflichtungen und Verbote es bei ihr zu Hause gibt – dafür aber jede Menge Spaß und so viel Fast Food, wie man sich nur wünschen kann.

»**Wow**, guck dir mal diese oberkrassen Stiefel an«, wechselt Jill urplötzlich das Thema. Sie ist vor einem Schuhgeschäft stehen geblieben und drückt fast ihre Nase an der Schaufensterscheibe platt.

»Ich dachte, du suchst nach einem Bikini.«

»Später. Erst mal muss ich diese Stiefel bestaunen. Verflixt, sind die teuer! Für beides reichen meine Ersparnisse nicht.«

»Dann lass uns weitergehen«, drängele ich, denn schließlich habe ich auch noch etwas zu erledigen. Ich suche nach einem Geschenk für Nick zu unserem ersten Jahrestag. Ich weiß schon, was ich ihm kaufen werde: einen silbernen Bilderrahmen in Herzform, in den ich ein Foto stecken möchte, das uns beide Arm in Arm zeigt. Ich bin selbst ganz gerührt von dieser Idee – ist sie nicht irrsinnig romantisch?

»Ha! Ich weiß, wie ich doch beides bekomme: Ich wünsche mir die Stiefel einfach zum Geburtstag«, holt mich Jill wieder ins Hier und Jetzt zurück. Sie zückt ihr Handy, fotografiert die Stiefel und schickt sie per *WhatsApp* an Elin.

»Du bist gut«, lache ich. »Unser Geburtstag ist doch erst in dreieinhalb Monaten!«

Und wenn ich **unser Geburtstag** sage, dann meine ich das wirklich genau so. Jill und ich sind nämlich exakt am selben Tag geboren. Unsere Mütter haben sich in der Schwangerschaftsgymnastik kennengelernt. Deshalb scherzen Jill und ich gerne, dass wir schon vor unserer Geburt befreundet waren und uns blind verstehen, weil wir uns damals von Bauch zu Bauch unterhalten haben.

Im Oktober werden wir also beide vierzehn. Das muss natürlich gefeiert werden! Momentan steht allerdings nur fest, dass wir eine gemeinsame Party planen wollen. Wie und wo die steigen soll, haben wir bisher nicht besprochen. Wie gesagt, wir haben ja auch noch genug Zeit bis dahin.

»Du wirst dich wundern, wie bald Oktober ist«, erwidert Jill mit todernster Miene.

»Jetzt hörst du dich an wie deine eigene Uroma«, kichere ich und wechsele dann das Thema: »Erst einmal gibt's was ganz anderes zu feiern.«

Jill zieht eine Grimasse. »Ach ja, euer Jubiläum«, mault sie.

Meine beste Freundin findet es völlig übertrieben, so etwas zu feiern. Na ja, das liegt wohl daran, dass sie bis jetzt nie länger als drei Wochen mit einem Jungen zusammen war. Mir macht sie dauernd ein schlechtes Gewissen, weil ich angeblich zu viel Zeit mit Nick verbringe und zu wenig mit ihr unternehme.

»Genau«, sage ich fröhlich. Von Jills blöder Eifersucht auf Nick lass ich mir doch nicht die Laune verderben!

Als wir am Rahmengeschäft vorbeikommen, will ich schnell hineinsausen, um den silbernen Herzrahmen zu erstehen, aber Jill hat keine Lust, mit reinzukommen.

»Ich warte im *Café Chica* auf dich«, sagt sie und fügt dann versöhnlich hinzu: »Soll ich schon was für dich mitbestellen?«

»Eine Eisschokolade«, sage ich und betrete den Laden.

Ein ganzes Jahr, denke ich, während die Verkäuferin den Rahmen aus der Vitrine holt. Ist das nicht Wahnsinn? Unfassbar, dass ich mir noch vor einem Jahr kaum vorstellen konnte, einen Freund zu haben – jedenfalls keinen echten. Zwar war ich damals ständig verliebt, aber ich habe mich immer damit begnügt, still und heimlich für einen Jungen zu schwärmen. Übrigens für permanent wechselnde Angebetete. Das hat sich gründlich geändert, als Nick aufgetaucht ist. Jetzt schwärme ich bloß noch für ihn, und das nicht mehr heimlich, sondern **unheimlich**! Und Nick schwärmt natürlich genauso für mich. Wir sind ein süßes Paar, findet Oma Lydia.

Was Nick mir wohl zum Jahrestag schenken wird? Darauf bin ich schon megagespannt. Bestimmt hat er sich auch etwas voll Romantisches für mich ausgedacht. In Gedanken erstelle ich rasch eine *Liste der Top-5-Geschenkideen für Verliebte* und nehme mir vor, heute Abend einen Blogartikel darüber zu schreiben, dass man Liebesbeweise sehr wohl kaufen kann:

1. Eine Kette mit Herzanhänger, in den unsere Anfangsbuchstaben eingraviert sind. Die würde ich nicht mal beim Duschen ablegen!
2. Ein selbst gekochtes Menü – natürlich bei Kerzenlicht und an einem schön gedeckten Tisch. Meinetwegen darf es auch ein Fertiggericht sein (das wär mir sogar am allerliebsten).
3. Eine Einladung ins Kino – und zwar exakt dorthin, wo es vor einem Jahr zwischen uns gefunkt hat. Mannomann, wenn ich an die innerlichen Stromschläge denke, als sich unsere Hände im Popcorn-Eimer berührten …
4. Ein Fotoprint-Kuschelkissen mit Nicks Bild darauf. Dann könnte ich ihn jede Nacht umarmen. Hach!
5. Ein Freundschaftsring – einer für ihn und einer für mich. Damit jeder sieht, dass wir zusammengehören. Ich glaube, ich werde verrückt, wenn es das ist!

Wenn ich sagen müsste, worüber ich mich am meisten freuen würde, dann käme ich jetzt ganz schön ins Grübeln. Aber zum Glück muss ja Nick entscheiden, was er mir schenkt. Vielleicht hat er sich sogar noch etwas viel Tolleres einfallen lassen?

Jills Apfelstrudel und meine Eisschokolade werden gerade serviert, als ich mich neben Jill in den Korbsessel plumpsen lasse. Ich erzähle ihr von meiner Liste und dass ich über romantische Geschenke bloggen will, doch sie wirkt nicht besonders begeistert.

»Dauernd schreibst du über solche Kitschthemen, alles ist immer Friede, Freude, Eierkuchen«, mault sie.

»Mein neues Blog hat schließlich den Titel *Liebe für Anfänger – Jette V. berichtet live vom schönsten Gefühl der Welt*«, antworte ich im Flüsterton. Nicht, dass am Ende noch jemand lauscht und mein Pseudonym knackt. Bisher wissen nur ganz wenige Menschen, dass Jette V. niemand anders ist als Henriette Vogelsang aus Berlin – nämlich nur Jill, Oma Lydia und das Team vom *ORANGE-Verlag* in Hamburg, das gerade dabei ist, aus meinem ersten Blog *Alles, was Mädchen wissen sollten, bevor sie 13 werden – Jette V. berichtet live aus der Pubertät* ein Buch zu machen. Aber auch das ist topsecret! Und natürlich furchtbar aufregend …

»Ich dachte, du wolltest Wissenschaftsjournalistin werden«, stichelt Jill weiter. »Liebesbeweise aus dem Rahmenladen sind nicht besonders wissenschaftlich, findest du nicht?«

Na ja, da hat sie nicht so ganz unrecht. Andererseits …

»Mein Schwerpunkt ist jetzt nicht mehr Biologie, sondern mehr Psychologie und Soziologie. Ich schreibe eben über alles Mögliche, was mit Liebe, Gefühlen, Hormonen und Beziehungskram zu tun hat. Und dazu gehören logischerweise auch romantische Geschenke«, verteidige ich mich. »Das sind die Themen, für die sich meine Leserinnen nun mal interessieren. Das beweisen die vielen Kommentare.« Und um meinen Worten Nachdruck zu verleihen, schlürfe ich laut den Rest meiner Eisschokolade aus.

Während Jill wie eine Wilde auf ihrem Smartphone rumdrückt (wahrscheinlich hat Elin geantwortet, die Stiefel seien viel zu teuer), denke ich darüber nach, dass ausgerechnet Nick noch immer nichts von meinen Blogs und meinem Pseudonym Jette V. weiß, geschweige denn von meinem Buch. Vielleicht wäre es ja der größte Liebesbeweis von allen, ihn endlich einzuweihen?

Nachdem wir im Café bezahlt haben, gehen wir in die *Boutique Chérie*, in der es Unterwäsche und Bademode in allen erdenklichen Farben und Mustern gibt. Jill lässt sich total viel Zeit und probiert so ziemlich jeden Bikini an, der in ihrer Größe vorrätig ist. Am Ende schwankt sie zwischen einem blau-weiß gemusterten und einem pink-türkis gestreiften. Ich könnte wirklich nicht sagen, welcher ihr besser steht, alle beide sind einfach obercool und passen voll gut zu ihrer gebräunten Haut und ihren hüftlangen, hellblonden Halbschwedinnen-Haaren.

»Sie haben Glück, diese Modelle sind reduziert«, verkündet die Verkäuferin. Das lässt sich meine Freundin natürlich nicht zweimal sagen – sie nimmt beide.

Anschließend trödelt Jill noch ein bisschen herum. Obwohl sie jetzt hat, was sie wollte, fängt sie schon wieder an, sämtliche Ständer mit Bikinis durchzuschauen.

Ich mahne zur Eile. »Wir sollten so langsam in Richtung Treffpunkt gehen.«

Jill lacht. »Manchmal bist du einfach viel zu brav für diese Welt. Wetten, dass deine Mutter unpünktlich ist? Schließlich hat sie Tessa dabei. Wir haben also noch genug Zeit, auch für dich einen neuen Bikini auszusuchen. Wie wär's zum Beispiel mit diesem?«

»Bist du irre? Lila und Silber mit rosa Pailletten? Heiße ich etwa Tinkerbell und bin eine Fee?«, rufe ich empört aus. »Wenn, dann nehm ich den hier!«

An Jills breitem Grinsen erkenne ich, dass sie mich gerade ausgetrickst hat. Aber egal, sie hat ja recht – meine Badesachen vom letzten Sommer sind mir längst zu klein geworden. Immerhin bin ich im Laufe des vergangenen Jahres mindestens fünfzehn Zentimeter gewachsen!

Ich greife nach einem hübschen Modell in verschiedenen Grüntönen, die sehr gut zu meinen braunen Locken und meinen hellblauen Augen passen, wie mir mein Spiegelbild wenig später bestätigt. Was es mir außerdem zeigt: An meinem Kinn erblüht gerade ein Pickel. Hilfe! Auch das noch …

Ansonsten bin ich mit meinem Anblick einigermaßen zufrieden. Wer mich vor einem Jahr zum letzten Mal gesehen hat, würde mich wohl nur an meiner Stupsnase wiedererkennen. Meine Haare sind, ebenso wie alles an mir, ordentlich gewachsen. Von jungenhafter Figur kann nicht mehr die Rede sein, auch wenn ich immer noch sehr schlank bin und bestimmt keinen Gedanken an irgendwelche Diäten verschwenden muss.

Jill behält natürlich mal wieder recht: Als wir am Treffpunkt ankommen, ist von Mum und Tessa weit und breit nichts zu sehen. Anstatt mich darüber zu freuen, bin ich stinksauer. Keine Ahnung, warum. Paps meint, ich wäre furchtbar launisch in letzter Zeit, und sogar Oma findet, mein **Pubertätsgezicke** wäre manchmal ganz schön anstrengend.

Als ob ich die Einzige wäre, die manchmal die Nerven verliert. Im Übrigen kann ich nichts dafür – die Hormone sind schuld. Außerdem sind es meistens die anderen, die mich auf die Palme bringen. Im Moment zum Beispiel Jill mit ihrem Rechthabergesicht. Natürlich auch Mum, weil sie unpünktlich ist und uns hier blöd rumstehen lässt. Vor allem aber bin ich auf das Schicksal wütend, das es wohl gerade auf mich abgesehen hat. Oder warum in aller Welt taucht ausgerechnet hier und jetzt **der Badezimmerblockierer** auf?

»Hi, ihr zwei Hübschen!«, brüllt uns mein großer Bruder Levin schon von Weitem entgegen. Und ich frage mich, ob er vielleicht Drogen genommen hat, denn normalerweise würde er sich eher eine Woche lang weder duschen noch einparfümieren, als mich **hübsch** zu nennen.

Als er näher kommt, wird mir klar, dass er mich komplett links liegen lässt. Das mit den zwei Hübschen war nur so dahergeredet, um sich bei Jill einzuschleimen.

Aber da hat sich mein Herr Bruder geschnitten: Jill lässt ihn eiskalt abblitzen, und seine Frage, was sie denn in der *Boutique Chérie* gekauft habe, ignoriert sie einfach. Dass ich ebenfalls eine Tüte aus diesem Laden in der Hand habe, scheint er nicht zu bemerken. Krass, Levin hat nur Augen für Jill.

Er lässt sogar die Gelegenheit sausen, mich wegen eines Einkaufs in einem Unterwäscheladen für Damen aufzuziehen. Normalerweise würde er jetzt wieder auf dieser Melonen-Geschichte herumreiten: Er hat mich einmal dabei erwischt, wie ich mir die Früchte ins T-Shirt gestopft habe, um zu prüfen, wie ich mit einem Riesenbusen aussehe und ob man damit überhaupt noch gerade stehen kann – aber da war ich natürlich viel jünger und naiver als heute!

»Darf ich dich zu einer Cola einladen?«, säuselt Levin jetzt und schmachtet Jill an. Es ist **superpeinlich**! So langsam wird es wohl Zeit, die Flucht zu ergreifen – oder sich fremdzuschämen. Wobei ich mir nicht sicher bin, ob leibliche Brüder als fremd gelten ...

Jill dreht ihm den Rücken zu und zieht eine Grimasse. So wechselhaft sie auch ist, was ihre Berufswünsche betrifft, so beständig ist sie in ihrem Groll auf den Badezimmerblockierer.

»Sag mal, riechst du das auch? Hier müffelt's irgendwie ... nach Bockmist. Bockmist mit Veilchenaroma«, sagt sie und tut so, als schaue sie sich nach der Quelle dieses Gestanks um.

Ich pruste vor Lachen – weniger wegen Jills darstellerischen Fähigkeiten (auch wenn sie zurzeit auf dem Ich-will-Schauspielerin-werden-Trip ist) als vielmehr wegen Levins dämlichem Gesichtsausdruck und natürlich der Erinnerung an den Streich, den ich ihm damals gespielt habe: Als er Jill nach einem einzigen Date (inklusive Kinobesuch und einem Kuss) abserviert hat, war ich so stinksauer auf ihn, dass ich den kompletten Inhalt seines Kleiderschranks mit Veilchenwasser besprüht habe.

Dazu muss gesagt werden, dass Levin bekannt dafür ist, seine Freundinnen öfter zu wechseln als seine Socken. Keine Ahnung, was die Mädchen alle an ihm finden. **Tsss.** Normalerweise ist es mir ja egal, ob mein Bruder ein Herzensbrecher oder ein Einsiedler ist, aber wenn er meine beste Freundin unglücklich macht, bekommt er es mit mir zu tun!

Neuerdings ist er aus unerfindlichen Gründen übertrieben freundlich zu ihr und versucht immer wieder, sie in ein Gespräch zu verwickeln. Warum kann er Jill nicht einfach in Ruhe lassen? Sie hat damals, als er sie abserviert hat, schon genug gelitten. Für heute gibt er es zum Glück auf und zieht ab, demonstrativ lässig mit einem Jo-Jo spielend und pfeifend.

»Schau mal, was ich hier habe«, kräht in diesem Moment ein schrilles, allzu bekanntes Stimmchen, das ich sofort als Tessas identifiziere. Im Galopp kommt sie auf uns zugestürmt, wobei sie sich mehrmals umdreht, damit wir ihren nagelneuen Schulranzen bestaunen können. Natürlich ist es der mit den Glitzer-Manga-Ponys. Ich hätte wirklich drauf wetten sollen!

Auf dem Heimweg grinse ich bis über beide Ohren. Mum, die Gesundheitsfutterfanatikerin, Grammatikverbesserin, Kulturliebhaberin, XXL-Gärtnerin und Inhaberin des Bioladens *Rapunzels Schatztruhe*, hat in Tessa ihre Meisterin gefunden. Wer erzieht hier eigentlich wen? Mensch, das wäre doch mal ein tolles Diskussionsthema in Mums heiß geliebtem Familienrat …

Und was kommt als Nächstes? Gibt es bei uns womöglich eines Tages aufgebackene Tiefkühlpizza zum Abendessen? Dann fress ich aber 'nen Besen!

02

Einjähriges

Oder: Ich liebe Überraschungen! Eigentlich …

»NA, BURKI, sieht das cool aus, oder sieht das megacool aus?«, frage ich und halte den Herzbilderrahmen mit Nicks und meinem Foto darin hoch. Burkhard, unser eigentlich hochintelligenter Jack-Russell-Terrier, gähnt gelangweilt und wirft sich dann auf den Rücken, um sich genüsslich auf meinem Teppich zu schrubbeln.

»Du Blödmann«, schimpfe ich, »du hast ja keine Ahnung von der Liebe.«

Burki hört auf, sich zu wälzen, und glotzt mich an, als wollte er sagen: Aber du, Zweibeinerin Henriette? Hast du wirklich Ahnung davon?

»Pah«, mache ich und strecke ihm die Zunge raus. Dann packe ich den Bilderrahmen in Geschenkpapier ein und binde eine knallrote Schleife darum.

Obwohl ich mir dabei richtig viel Zeit lasse, ist es erst halb zwei, als ich damit fertig bin. **Mist.** Wie soll ich nur die Zeit bis zu meinem Treffen mit Nick totschlagen? Wir sind um drei verabredet. Und wenn die nächsten anderthalb Stunden nicht wie durch ein Wunder so schnell verfliegen, als hätte jemand auf Schnellvorlauf gedrückt, muss ich leider vor lauter Nervosität durchdrehen!

Zum bestimmt fünften Mal an diesem Mittag stelle ich mich vor den Spiegel und checke mein Outfit.

Ich denke kurz darüber nach, mir noch rasch die Haare zu waschen, aber das habe ich heute früh erst gemacht. Meine Locken fallen mir weich über den Rücken und glänzen dank der Haarkur, die mir Oma geschenkt hat, so schön wie nie zuvor.

Okay. Ich muss mir etwas anderes überlegen, um die unendlich zähe Stunde zu überbrücken, bis ich mich auf den Weg zu Nick machen kann.

Mein Blick streift den weißen Laptop auf meinem Schreibtisch. Da fällt mir mein Blogbeitrag von neulich ein. Der über die romantischen Geschenke. Als ich zuletzt nachgesehen habe, gab es dazu keine Kommentare. Vielleicht hat sich das ja mittlerweile geändert? Die Leserinnen meines alten Blogs haben sich noch nicht so ganz an den neuen Namen gewöhnt. Ich hoffe aber, dass sie mir nach und nach alle zu *Liebe für Anfänger* folgen. *Alles, was Mädchen wissen sollten, bevor sie 13 werden* passt einfach nicht mehr zu mir. Schließlich werde ich schon bald vierzehn!

Wow, tatsächlich: Es gibt gleich mehrere Kommentare, stelle ich zufrieden fest, als ich die Seite aufrufe. Einige der Namen kenne ich sehr gut, andere sind neu. Gespannt lese ich, was meine Leserinnen zu der *Liste der Top-5-Geschenkideen für Verliebte* geschrieben haben:

Mein Freund hat gerade neulich so ein Fotoprint-Kissen für mich machen lassen!, erzählt TeenageQueen. **Das war das tollste Geschenk, das ich je bekommen habe! Sogar auf die Klassenfahrt hab ich dieses Kissen mitgenommen. Es war mir egal, was die anderen dazu gesagt haben.**

Ich nicke zufrieden. TeenageQueen ist eine meiner treuesten Leserinnen, und dass sie wirklich schon mal etwas von meiner Liste bekommen hat, freut mich ganz besonders.

Auch MissMusic kenne ich inzwischen recht gut. Sie kommentiert:

Mein Freund hat mal ein Gedicht für mich geschrieben. Das fand ich ziemlich romantisch, obwohl das Gedicht totaler Mist war und der Freund sich eine Woche später verabschiedet hat ... ☹

Hallo Jette, ich habe dein Blog eben erst entdeckt und bin total begeistert. Leider habe ich noch keinen Freund, aber wenn ich mal einen habe, hoffe ich sehr, dass er mir eines Tages etwas von deiner Liste schenkt. Du hast wirklich soooo tolle Ideen!, hat eine gewisse Pippilotta gepostet.

Und PrincessX kommentiert: **Das wäre ja schlimm, wenn echte Liebesbeweise käuflich wären. Ich glaube, dass**

wahre Gefühle keine Geschenke brauchen, um sie zu bestätigen. Vielleicht ist ja mit der Beziehung was nicht in Ordnung, wenn man so auf Schmuck und ähnlichen Schnickschnack abfährt?

Huch! Was ist denn das für eine? PrincessX, den Namen muss ich mir merken. Ich hoffe, sie stänkert hier nicht weiterhin rum. Wenn ihr meine Themen nicht gefallen, muss sie *Liebe für Anfänger* ja nicht lesen. Bestimmt gibt es auch Blogs für Liebende, denen es genügt, sich gegenseitig die Haare zu flechten und den Nacken zu massieren!

Stopp, Henriette! Du musst aufhören, dich über negative Kommentare zu ärgern! Als Journalistin wirst du später ständig Kritik ausgesetzt sein. Da solltest du drüberstehen.

Ich beschließe, mich nicht länger über PrincessX aufzuregen, und werfe einen letzten kritischen Blick in den Spiegel.

Hilfe! Was ist denn das da auf meiner Stirn? Etwa schon wieder ein fetter Pickel??? Wieso ist mir der denn vorher gar nicht aufgefallen?

Nachdem ich die dicke Pustel mit Salbe behandelt und mir die Haare etwas weiter in die Stirn gekämmt habe, damit man die fiese Entzündung wenigstens nicht sieht (vor allem: damit Nick sie nicht sieht), mache ich mich auf den Weg.

Am Fahrradschuppen stoße ich auf Levin. »Na, Schwesterlein. Unterwegs zu Jill?«

Ähm – was soll das denn jetzt? Ist **der Badezimmerblockierer** neuerdings irgendwie besessen von ihr? Was will er denn eigentlich von Jill?

»Warum fragst du?«, erwidere ich, weil ich keine Lust habe, ihm von meinem Jahrestreffen mit Nick zu erzählen. Er würde sich ja doch nur darüber lustig machen. Große Brüder sind echt die Pest!

»Och, nur so«, meint Levin und setzt ein diabolisches Grinsen auf, so als plane er, Jill zu entführen oder sie an skrupellose Menschenhändler zu verscherbeln.

»Na ja, viel Spaß«, sagt er dann und trollt sich.

Ich schaue ihm hinterher und staune über meine eigene gruselige Phantasie. Doch dann schwinge ich mich aufs Rad, und kaum bin ich um die nächste Ecke gebogen, denke ich nur noch an den wundervollsten Jungen der Welt …

Ganz im Ernst: Nick Jelinek ist der süßeste, coolste, klügste, netteste Junge, der mir je begegnet ist. Er könnte jedes Mädchen als Freundin haben, sogar die mit blonder Wallemähne, rundem Apfelpo und richtigem Busen. Aber nein, er hat sich für mich entschieden. Manchmal kann ich es selbst kaum fassen!

Tatsache ist, dass wir ein echt perfektes Paar sind. Seinetwegen habe ich sogar die Fußballregeln gepaukt. Selbst wenn man mich mitten in der Nacht wecken würde, könnte ich jederzeit erklären, was Abseits ist. Und Nick geht mir zuliebe sogar freiwillig in Filme wie *Saphirblau* oder *Pitch Perfect*.

Als ich an der letzten roten Ampel vor Nicks Haus anhalte, wird mir klar, dass ich es ihm heute sagen muss. Ich muss ihm gestehen, dass ich Jette V. bin, die Bloggerin und bald auch Buchautorin. Und dass all das supergeheim ist! Denn abgesehen von ihm (und natürlich Jill, Burki und Oma Lydia) soll niemand sonst die Wahrheit erfahren, vor allem nicht meine Eltern. Die würden glatt durchdrehen, wenn sie zu lesen bekämen, was ich im Internet alles über ihre Macken geschrieben habe ... Doch es gibt keinen Grund, Nick die Sache noch länger zu verschweigen.

Mannomann, der wird staunen!

Da fällt mir der Kommentar von PrincessX wieder ein, die ja vielleicht doch recht hat. Geschenke, die Geld kosten, sind nicht nötig, um jemandem seine Liebe zu beweisen.

Trotzdem freut man sich natürlich drüber. Nick wird hoffentlich begeistert von meinem Bilderrahmen sein. Allerdings ist es gut möglich, dass ihn **mein Geständnis** sogar noch mehr umhaut. Denn das ist ein Geschenk, das zwar keinen Cent kostet, dafür aber umso mehr Überwindung und vor allem jede Menge Vertrauen.

»Hi Henry«, begrüßt mich Nick mit dem schiefen Lächeln, das ich so süß finde. Heute lächelt er ein bisschen anders als sonst. Seine Mundwinkel zucken. Ist er etwa nervös?

Am liebsten würde ich ihn sofort in den Arm nehmen und ihm ins Ohr flüstern, dass er überhaupt nicht aufgeregt sein muss – selbst wenn er das mit Abstand unromantischste Geschenk der Welt für mich hat, macht das überhaupt nichts! Ich bin einfach glücklich mit ihm ... Doch statt etwas zu sagen, gebe ich ihm schnell einen Begrüßungskuss.

Irgendwie ist unsere Kopf-Mund-Koordination heute ein bisschen gestört, und so erwische ich nur sein Ohr, aber auch das macht rein gar nichts.

In seinem Zimmer entdecke ich nirgendwo ein Geschenk, er muss es wirklich gut versteckt haben. Also mache ich kurzerhand den Anfang und überreiche ihm meins.

Nick lacht ein bisschen schrill, als er es auspackt, und ich fürchte schon fast, dass der Herzrahmen doch ein bisschen zu mädchenhaft ist. Aber dann bedankt er sich wortreich und wirkt richtig gerührt.

Ich bin überglücklich! Es ist mir gelungen, Nick eine Riesenfreude zu machen.

Sicher zaubert er jetzt gleich sein Geschenk für mich hervor. Oh Mann, ich platze fast vor Neugier.

»Du, Henry«, fängt er an und senkt seinen Blick.

Er will es wohl spannend machen.

»Ich muss dir was erzählen – etwas, was ziemlich toll ist. Na ja, für mich jedenfalls.«

Oh, Nick, sei nicht so bescheiden. Für mich ist unsere Beziehung auch ein wahr gewordener Traum!

»Also, ich hab mich beworben … für einen Auslandsaufenthalt. Und ich hab das Stipendium bekommen. Gleich nach den Sommerferien geht's los … Ach, Henry, ich bin so was von aufgeregt!«

Auslandsaufenthalt? Stipendium? Ähm. Und warum weiß ich davon nix?

»Sorry, dass ich dir bisher nichts von meinen Plänen erzählt habe«, beantwortet er meine unausgesprochene Frage – kann er etwa Gedanken lesen? – und zuckt dann lässig mit den Schultern: »Ich dachte, wenn nichts daraus wird, muss ich ja nicht vorher die Pferde scheu machen.«

Ich will mich schon erkundigen, von welchen Pferden nun auf einmal die Rede ist, als mir klar wird, dass er mich meint.

»Eigentlich hab ich ja selbst kaum zu hoffen gewagt, dass sie mich nehmen. Umso krasser ist das jetzt für mich!«, fährt er fort, ohne mein verwirrtes Mienenspiel zu kommentieren.

So langsam gewinne ich meine Fassung wieder. Nick hat also ein Stipendium bekommen und freut sich wie verrückt. Wie sieht die korrekte Reaktion einer liebenden Freundin aus?

»Wie großartig, Nick! Ich freu mich so für dich!«, rufe ich und versuche, einen Gesichtsausdruck hinzukriegen, der zu meinen Worten passt.

Nick starrt mich wortlos an, und in mir wächst der Verdacht, dass das irgendwie noch nicht alles war.

»Von was für einer Art Ausland reden wir eigentlich?«, frage ich alarmiert. Etwa Australien? Oder gar Neuseeland? Weiter entfernt wäre höchstens der Mond …

»Schottland«, erwidert er. »Genauer gesagt, Edinburgh.«

Ich atme erleichtert auf. Edinburgh ist ja nicht aus der Welt. Nur eine Stunde Zeitunterschied. Und mit dem Flieger innerhalb kürzester Zeit zu erreichen. Jedenfalls im Notfall.

»Und wie lange bleibst du dort?«, krächze ich.

»Ein halbes Jahr.«

Sechs Monate. Fast so lange wie von jetzt bis Weihnachten. Oh nein! Das ist ja schrecklich!!!

»Find ich cool. Ehrlich. Sehr cool. Das wird bestimmt ganz toll. Du wirst dich wahnsinnig verbessern in Englisch und überhaupt ganz viel Lebenserfahrung und irre viele Eindrücke sammeln«, plappere ich drauflos, während ich mich gleich mehrere Dinge auf einmal frage:

1. Warum macht Nick ein Gesicht wie sieben Tage Regenwetter?
2. Wo bleibt mein Geschenk zum einjährigen Jubiläum?
3. Warum starrt er mich betreten an, statt mich zu umarmen?

»Also, für mich ist das, ähm, kein Problem«, beeile ich mich zu versichern.

Kein Problem? Was für ein Quatsch!

Natürlich hab ich ein Problem damit. Ich werde Sehnsucht haben wie verrückt. Aber das werde ich Nick ganz bestimmt nicht gestehen. Am Ende sagt er das Auslandsstipendium womöglich noch mir zuliebe ab, und das könnte ich nie verantworten. Das mit Schottland ist eine Riesenchance für Nick, und so zu tun, als mache mir die Trennung rein gar nichts aus, ist ein echter Liebesbeweis. Einer, der nicht zu kaufen ist. Einer, der selbst PrincessX beeindrucken würde.

»Na ja, für mich ist das schon ein Problem«, sagt Nick leise. »So lange getrennt zu sein ist totaler Mist.«

Obermist sogar. Definitiv!

»Und irgendwie glaube ich auch nicht, dass es funktioniert, mit jemandem zusammen zu sein, der total weit weg ist. Oder hast du vielleicht jemals von einem Paar gehört, bei dem das gut gegangen ist?«

»Ähm, ehrlich gesagt kenne ich kein einziges Paar, das so

weit auseinander wohnt«, sage ich. Worauf in aller Welt will Nick hinaus?

»Jedenfalls wäre es unfair, von dir zu erwarten, dass du das mitmachst. Vielleicht triffst du in dem halben Jahr jemand anderen, den du toll findest. Es wäre doch blöd, wenn wir uns so stressen und uns gegenseitig etwas versprechen, was wir dann gar nicht einhalten können.«

Jemand anderen? Was ist denn das für eine bescheuerte Idee? Ich will niemand anderen! Ich will Nick!!!

Wir schweigen uns eine Weile an. Nick ist käseweiß und schaut auf seine Füße, als sähe er sie zum ersten Mal.

»Also, ich bin froh, dass du das Ganze so cool nimmst«, meint er.

Das ich waaas so cool nehme?

Ich antworte nicht. Denn ich will nicht zeigen, dass ich irgendwie schon verstehe, was er mir sagen will. Wenn ich es ausspreche, ist es Wirklichkeit. Es soll aber nicht wahr sein!

Doch dann knallt Nick es mir um die Ohren: »Wir müssen Schluss machen.«

Schluss machen. Schluss machen? Oh mein Gott: Er will Schluss machen …

»Das … das ist doch kein Grund!«, sage ich und höre selbst, wie unsagbar jämmerlich ich klinge. Schrill und heiser zugleich. Kein Junge findet diesen Tonfall cool. Hilfe, ich werde hysterisch!

Nick könnte mir fast leidtun, wenn ich nicht so unfassbar sauer auf ihn wäre. Er druckst herum, als ob er in einer mündlichen Prüfung wäre und nicht dafür gelernt hätte.

Starrt er mir etwa auf die Stirn?

Mist, er hat meinen Pickel entdeckt und ist jetzt geradezu fixiert darauf. Unauffällig fahre ich mir durch die Haare, um sie so zu verwuscheln, dass sie den Megapickel verdecken.

Ich fürchte allerdings, der ist im Augenblick nicht das Hauptproblem.

»Weißt du, es hat ja schon länger nicht mehr so richtig gestimmt zwischen uns«, sagt Nick ernst.

Das muss doch ein Scherz sein! **Ein sehr, sehr schlechter Scherz …**

»Wir … wir sind doch ein Traumpaar«, piepse ich, den Tränen nahe.

»Ganz ehrlich, du klammerst zu sehr, Henry. Ich hätte gerne mehr mit meinen Fußballkumpels unternommen, aber du wolltest ja jede freie Minute mit mir verbringen. Vermutlich hätte ich das sowieso nicht mehr lange ausgehalten. Die Sache mit Schottland ist nur der Anlass, nicht der Grund für meine Entscheidung.«

Hallo? Ist das denn nicht normal? Wenn man verliebt ist, will man möglichst oft zusammen sein.

Nick zuliebe bin ich zu jedem seiner Fußballspiele mitgekommen, habe ernsthaft das Regelwerk studiert, seiner Mannschaft zugejubelt … Und nun heißt es, ich hätte geklammert? Ich muss im falschen Film sein!

»Sag doch was, Henry«, murmelt Nick und schaut mich mit seinen großen, bernsteinfarbenen Augen an.

Ich bin schockiert und kriege keinen Ton raus, ich kann nicht mal krächzen. Vielleicht fängt er gleich an zu lachen, weil alles nur ein Scherz war, nimmt mich endlich in den Arm und überreicht mir dann das romantischste Jubiläumsgeschenk des Universums?

Das passiert natürlich nicht. Er blickt mich weiterhin mit unbewegter Miene an, und ich könnte heulen. Nein, falsch: Ich heule längst! Nick tut so, als bemerkte er das nicht, und zuckt nur mit den Schultern.

»Ich … ich hatte ja keine Ahnung«, wispere ich. Warum verrät er mir erst heute, was ihn an unserer Beziehung gestört hat, jetzt, wo es zu spät ist? Oder ist es noch schlimmer, und er geht nur deshalb ins Ausland, um mich loszuwerden?

Ich versteh die Welt nicht mehr.

Und deshalb muss ich ganz dringend hier weg!

»Alles klar, Nick. Du, ich würde mich gerne noch länger mit dir unterhalten, aber … na ja, ich glaube, ich geh jetzt mal wieder«, stoße ich hervor, und keine halbe Minute später stehe ich draußen auf der Straße.

Ohne Jubiläumsgeschenk.

Ohne Freund.

Ohne die geringste Ahnung, was da gerade passiert ist.

Zu Hause verschwinde ich sofort in meinem Zimmer, wo ich Burki die Schlappohren vollheule. Ich bin unglücklich. Verzweifelt. Untröstlich. Stinksauer! Zwischendurch verschwinde ich im Bad, um meinen Pickel mit so viel Wut zu bearbeiten, als wäre er an dem ganzen Mist schuld!

Gegen Abend klopft Paps an meine Zimmertür. Ich rufe »Herein!«, und er steckt seinen Kopf durch einen schmalen

Spalt, um mir zu sagen, dass es Abendessen gibt. Wahrscheinlich irgendwas mit Roter Bete und Sojaflocken. Mum ist gerade auf dem Wurzelgemüse-vegan-Trip, aber der ist auch nicht schlimmer als ihre Dinkel-Grünkern-Phase.

»Ich habe Bauchschmerzen«, behaupte ich und tue so, als könnte ich unmöglich was essen.

Was heißt **als ob**? Ich könnte wirklich nichts runterkriegen! Liebeskummer ist das Gegenteil von appetitanregend!

Paps guckt ganz ernst und sagt: »Ja, verstehe. Mir geht es im Moment ähnlich.«

Ob das wohl ein Scherz war? Na, hoffentlich!

Hauptsache, die liebe Familie lässt mir heute Abend meine Ruhe. Ich will niemanden sehen und hören. Und ich will auch nichts sagen oder für mein Blog schreiben. Weder auf einen Artikel über *Klammern als Beziehungskiller* habe ich Lust noch auf eine *Liste der Dinge, die am meisten nerven* (geht ja keinen was an, dass Schottland und das Fußball-Regelwerk in meinem persönlichen Ranking noch vor dem fetten Pickel kommen).

Stattdessen grübele ich darüber nach, wie sehr ich mich doch in Nick getäuscht habe. Bis vorhin war ich fest davon überzeugt, den süßesten, coolsten, klügsten und nettesten Freund der Welt zu haben. Jetzt ist mir klar, dass ich den wohl fiesesten, hinterhältigsten, egoistischsten Exfreund habe, den ich mir nur vorstellen kann. Zum Glück bin ich nicht mehr dazu gekommen, mich als Jette V. zu outen – Nick hat es gar nicht verdient, in meine privatesten Geheimnisse eingeweiht zu werden!

Wie konnte er mir das nur antun?

Spontan beschließe ich, ihm eine SMS zu schreiben, damit er kapiert, dass sein Verhalten einfach nur daneben war. Und dass er gar nicht zu hoffen braucht, ich würde trotz allem noch mit ihm befreundet sein wollen.

Nick, dein wahres Gesicht ist leider ganz schön jämmerlich. Bitte melde dich nie wieder bei mir. Ich will nichts mehr mit dir zu tun haben. Henriette

Fünf Minuten später klingelt mein Handy. Es ist Nick. Welchen Teil von »nie wieder« hat er denn nicht verstanden? Ich stecke mir die Finger in die Ohren und versuche, es zu ignorieren, aber mein Klingelton ist zu durchdringend und Nick zu penetrant. Nach einer Minute schalte ich das Handy einfach aus. **Ende Gelände.**

03

Vollkrise

Oder: Das Leben ist eines der härtesten

DAS SIND DEFINITIV die schrecklichsten Sommerferien meines Lebens! Die Hälfte der Zeit weine ich. Ich heule mich sogar in den Schlaf. Vermutlich werde ich im Laufe der nächsten Tage austrocknen. Noch vor ein paar Wochen hätte ich jetzt sofort recherchiert, ob das aus medizinischer Sicht überhaupt möglich ist. Doch seit dem großen Knall habe ich es nicht einmal geschafft, meinen Laptop einzuschalten.

Manchmal versuche ich, mich selbst abzulenken und ein bisschen zu lesen. Funktioniert aber nicht. Ich kann mich auf gar nichts konzentrieren, erst recht nicht auf ein Buch, in dem es um **Liebe und dergleichen** geht. Alle sind furchtbar verknallt und irrsinnig glücklich. Das halte ich nicht aus!

Die Einzige, die mich trösten kann, ist Oma Lydia. Sie ist einfach nur für mich da, ohne blöde Bemerkungen fallen zu lassen wie »Wird schon wieder« oder »Der erste Freund ist selten der Mann fürs Leben« – denn ganz ehrlich, das ist das Letzte, was ich jetzt hören will! Ganz super, Mum, damit hast du mich wirklich so was von aufgemuntert.

Oma Lydia schweigt lieber und versorgt mich mit Trostfutter wie Eiscreme und Pudding. Was würde ich nur ohne meine Oma machen?

»Dann hättest du immerhin noch mich«, würde Jill jetzt sagen, wenn sie Gedanken lesen könnte. Na ja, ein bisschen kann sie das ja auch. Jedenfalls ist ihr eine weitere Sache eingefallen, die mich ein wenig aufheitert, denn ich liebe Sonne und Wasser. Mit anderen Worten: das Strandbad!

Der erste Besuch ging allerdings grandios schief, denn natürlich waren alle aus unserer Schule da – leider sogar Nick. Und dann hat mich auch noch diese affige Evi aus unserer Parallelklasse dumm angequatscht. »Bla, bla, Nick hat Schluss gemacht? Bla, bla, das ist ja schrecklich, bla, bla, du Ärmste.«

Vielen Dank auch, Evi, dass du mir das unter die Nase gerieben hast. Das wäre mir sonst überhaupt nicht aufgefallen!

Nach dieser Begegnung der unangenehmen Art hätte ich mich am liebsten für den Rest der Ferien in meinem Zimmer verkrochen. Aber das hat mir Jill natürlich sofort ausgeredet. Sie schleppt mich jetzt jeden Tag in ein Freibad, das etwas weiter außerhalb liegt und in dem wir bisher zum Glück keine Mitschüler gesichtet haben.

Leider habe ich trotzdem nicht meine Ruhe, denn Mum drückt mir meistens **die kleine Nervensäge** aufs Auge. Und dann bin ich noch schlechter gelaunter als ohnehin schon, obwohl Tessa es manchmal tatsächlich schafft, mich zum Lachen zu bringen. Da ist sie allerdings die Einzige.

Eigentlich will ich gar nicht lachen. Ich will überhaupt nichts, außer sauer sein. Alles andere ist mir egal. Mein Aussehen sowieso. Keine Ahnung, wann meine Haare zum letzten Mal eine Pflegekur gesehen haben. Wen interessiert's?

Den schicken neuen Bikini, mit dem ich jetzt gerade im Schatten einer Linde liege, hätte ich mir ebenso gut sparen können. Der alte mit dem kindischen Blümchenmuster hätte es auch getan. Und passen würde er bestimmt noch, der Stoff ist ja elastisch.

Seufzend drehe ich mich auf den Bauch und beobachte einen Marienkäfer, der an einem Grashalm hinaufklettert. Als er oben angekommen ist, bleibt er erst unschlüssig sitzen, dann fliegt er davon. Ich denke an Nick, der ja ebenfalls bald davonfliegen wird, und würde am liebsten gleich wieder losheulen. Es gelingt mir, die Tränen zu unterdrücken, wobei mir aber ein leises Schniefen rausrutscht.

»**Hej**, du Jammerliese!«, höre ich Jill rufen. Hat sie meinen Klagelaut etwa gehört?

Diese Frage bleibt wohl für immer unbeantwortet, denn schon eine Sekunde später springt ein eiskaltes, nasses Etwas auf meinen Rücken und erschreckt mich fast zu Tode.

»Tessa, du Monster!«, brülle ich wütend und versuche sie abzuschütteln. Doch dann verwickelt sie mich irgendwie in einen schwesterlichen Ringkampf, und ich kann mich nur noch mit einer Kitzelattacke wehren. Am Ende kichern wir alle drei, bis uns die Bäuche wehtun! Und Tessa hat es mal wieder geschafft, mich für ein paar Minuten abzulenken.

»Kommst du jetzt endlich auch mit ins Wasser?«, bettelt meine kleine Schwester.

Sofort sinkt meine Laune wieder. »Kein Bock«, murre ich.

»Jill, gehst du mit mir zur Rutsche?«, bohrt Tessa weiter.

Doch auch Jill lässt sich nicht erweichen. Stattdessen stöhnt sie übertrieben und verkündet, dass sie kurz vorm Verhungern ist. »Auf gar keinen Fall gehe ich wieder schwimmen, bevor ich was gegessen habe. Wer mag was vom Kiosk?«

»Iiiiiich!!! Pommes!!!«, quietscht Tessa vergnügt.

»Okay, Bratwurst für mich, Pommes für dich«, sagt Jill und springt auf. »Henriette, was sollen wir dir mitbringen?«

Mir wird schon schlecht, wenn ich nur ans Essen denke! »Nichts, danke«, sage ich und schließe die Augen, um zu demonstrieren, dass ich nicht gewillt bin, darüber zu diskutieren.

Was Jill offenbar kein bisschen beeindruckt. »Ach Mensch, du musst doch was essen. Klar, Liebeskummer kann einem mal kurz den Appetit verderben. Aber bei dir dauert das jetzt schon zwei Wochen! Ich finde, es wird langsam Zeit, dass du dich zusammenreißt.«

Ja, spinnt die denn total?

»Was heißt hier **zusammenreißen**?«, fauche ich. »Seit wann redest du wie Mum? Und nur zu deiner Information: Ich habe definitiv keinen Liebeskummer. Im Gegenteil: Eigentlich bin ich sogar ganz froh, dass ich den Blödmann los bin.«

Okay, das war vielleicht ein klein bisschen übertrieben.

Besser gesagt: völlig aus der Luft gegriffen. Denn natürlich trauere ich Nick hinterher – und das weiß Jill ganz genau. Doch irgendwie tut es gut, laut das Gegenteil zu behaupten.

»Henry hat **Blödmann** gesagt!«, kreischt Tessa aufgeregt, denn Mum hat zu Hause ein strenges Schimpfwörter-Verbot erlassen, und immer wenn jemand dagegen verstößt, ist das für meine kleine Schwester ein Fest.

»Vielleicht solltest du mal über deinen Liebeskummer bloggen«, meint Jill nachdenklich. »Das hilft bestimmt, ihn besser zu verkraften und Nick zu vergessen. Du hast ja schon ewig keinen neuen Blogbeitrag mehr geschrieben.«

Das stimmt allerdings. Die Liste der ultimativen Liebesbeweise war das Letzte, was ich online gestellt habe. Danach ist mir die Lust am Bloggen vergangen. Aber was, wenn Jill recht hat und es mir guttäte?

»Was ist ein Blog?«, fragt Tessa neugierig.

Dass sie immer alles so genau wissen will! Die Lehrerin, die nach den Ferien die neuen Erstklässler übernimmt, tut mir jetzt schon leid …

Ich werfe Jill einen strafenden Blick zu. Wie konnte sie nur so leichtsinnig sein, im Beisein von Fräulein Naseweis über dieses Thema zu reden?

»Komm, Tessa, auf zum Kiosk!«, lenkt Jill sie zum Glück ab, und schon sind die beiden weg.

Jills Worte gehen mir nicht aus dem Kopf. »Schon zwei Wochen«, hat sie gesagt. Ja, es sind unfassbare vierzehn Tage vergangen, seit Nick mit mir Schluss gemacht hat. Doch sie kommen mir vor wie ein Wimpernschlag. Oder wie ein Jahrhundert. Oder wie beides zugleich … Natürlich habe ich immer noch eine Stinkwut auf Nick, aber gleichzeitig fehlt er mir total. Verrückt, oder?

Und wenn ich ganz ehrlich bin, muss ich zugeben, dass er mit seinem Klammer-Vorwurf vielleicht nicht so ganz unrecht hatte. Warum habe ich nicht öfter etwas mit Jill unternommen, wenn er ein Fußballspiel hatte, statt stundenlang am Spielfeldrand zu stehen und so zu tun, als würde ich mich für diesen stumpfsinnigen Neandertaler-Sport interessieren?

Trotzdem war es superfies von ihm, ohne Vorwarnung mit mir Schluss zu machen. Nie wieder werde ich zulassen, dass ein Junge dermaßen auf meinen Gefühlen rumtrampelt …

»Du errätst nie, wen wir eben beim Sprungturm gesehen haben«, kräht Tessa mit vollem Mund. Diesmal funktioniert Jills verzweifeltes Ablenkungsmanöver nicht, denn meine Schwester platzt sofort mit der Nachricht heraus, die mir meine Freundin so gerne erspart hätte: »Da drüben ist Nick. Mit ganz vielen anderen Jungs und Mädchen. Ich hab ihm zugewunken, aber er hat mich nicht gesehen, und dann hat mich Jill weggezerrt«, erklärt sie.

Mir wird ganz flau zumute. Nick! Hier? Oh nein …

»Ich glaube, ich habe einen Sonnenstich«, behaupte ich.

»Hast du Schüttelfrost? Kopfweh? Übelkeit?«, fragt Jill besorgt. Sie hat neulich einen Erste-Hilfe-Kurs gemacht und kennt sich aus.

»Ähm, ja, genauso fühle ich mich«, beteuere ich, und das ist nicht einmal richtig geflunkert, denn mein leerer Magen scheint sich vor Entsetzen gerade umzudrehen.

»Ich will hierbleiben«, mosert Tessa, als ich anfange,

meine Sachen zusammenzupacken. »Levin darf das schließlich auch!«

Jills Kopf fährt erschrocken herum.

Jetzt entdecke ich ihn ebenfalls – den Badezimmerblockierer, der keine zehn Meter von uns entfernt sein Handtuch ausbreitet. Er trägt eine vollverspiegelte **Angeber-Sonnenbrille** und tut so, als hätte er uns nicht registriert. Er war schon immer ein mieser Schauspieler!

»Nix da, Henriette muss nach Hause«, wiegelt Jill das Gebettel der kleinen Nervensäge streng ab. Wider Erwarten verstummt Tessa umgehend.

Dass mir Jill mein Sonnenstich-Märchen in Wahrheit nicht ganz abgekauft hat, wird klar, als sie mir auf dem Weg zum Ausgang zuflüstert: »Ist doch blöd, dass zwischen euch immer noch Funkstille herrscht! Ihr solltet euch mal aussprechen.«

Empört schüttele ich den Kopf. **Kommt gar nicht in die Tüte!** Das, was ich Nick in meiner ersten Wut geschrieben habe, gilt immer noch: Ich will einfach nichts mehr mit ihm zu tun haben. Dann tut es weniger weh. Und überhaupt: Jill sollte erst mal klären, was da zwischen ihr und meinem Bruder vorgeht, bevor sie mir schlaue Beziehungstipps gibt. Levin verfolgt sie ja scheinbar wirklich auf Schritt und Tritt.

Als wir nach Hause kommen, steht Paps in der Küche und macht Nudelsalat. Ich reibe mir die Augen: Seit wann ist der denn unter die Köche gegangen? Normalerweise ist Mum unsere Futter-Queen, die uns anderen Familienmitgliedern höchstens einmal gestattet, Karotten zu schälen oder irgendwelche Keimlinge einzuweichen. Nudelsalat mit Würstchen entspricht nicht gerade ihren Anforderungen an eine gesunde Mahlzeit. Dazu müsste viel mehr Gemüse drin sein. Und Körnerkram. Und es dürfte nicht so lecker schmecken.

Trotzdem bin ich weniger erfreut als vielmehr beunruhigt: Was ist hier los? Ich denke an Paps' seltsame Bemerkung von neulich. Wie hat er es noch gleich formuliert? Dass es ihm auch nicht gut geht? Andererseits macht er im Moment einen ziemlich fröhlichen Eindruck.

»Ahoi, meine Mädels«, strahlt er Tessa und mich an. Jetzt erst fällt mir auf, dass er die alberne Kapitänsmütze trägt, die er letzten Sommer an der Ostsee gekauft hat. Ist denn heute Fasching und Rollentausch-Tag zugleich?

»Warum bist du schon so früh zu Hause, Paps?«, fragt Tessa und trifft damit den Nagel auf den Kopf. Ja, genau – warum ist er überhaupt schon hier, so mitten am Nachmittag?

»Ach, es ist einfach zu heiß zum Arbeiten«, lacht Paps, »da hab ich mir kurzerhand einen halben Tag Urlaub genommen. Hitzefrei sozusagen.«

Ernsthaft? Das passt irgendwie gar nicht zu Paps. Sonst ist er nie so spontan. Und wenn er mal Urlaub nimmt, dann plant er das Wochen – ach was: Monate! – im Voraus.

Das Klingeln des Telefons unterbricht mein Gegrübel.

Paps nimmt den Hörer ab und wirkt hocherfreut. »Oh, Sie haben doch noch einen Platz frei im Sushi-Kochkurs? Das ist ja wunderbar, vielen Dank für Ihren Anruf«, sagt er nach einer Weile und strahlt dabei wie ein Kind, das gerade ein heiß ersehntes Geschenk auspackt.

Wie bitte? Paps will einen Sushi-Kochkurs machen? Für so was hat er sich doch noch nie interessiert. Habe ich etwa wirklich einen Sonnenstich?

»Tessa, willst du mir mit dem Nudelsalat helfen?«, höre ich Paps noch gut gelaunt fragen, als ich kopfschüttelnd in Richtung meines Zimmers abziehe. Vermutlich ist eher Paps derjenige mit dem Sonnenstich …

»Findest du auch, dass Paps neuerdings irgendwie seltsam drauf ist?«, frage ich unseren Jack-Russell-Terrier, während ich mich neben ihn auf den Boden setze und ihn hinter den Ohren kraule.

»Vielleicht steckt er ja in einer Krise«, murmele ich vor mich hin. »So wie ich. Dabei will Mum ihn gar nicht verlassen …« Allerdings streiten sich die beiden in letzter Zeit immer öfter, fällt mir auf einmal ein – meistens wegen irgendwelcher Kleinigkeiten. Das nervt vielleicht! »Ich glaube, es ist nicht immer lustig, erwachsen zu sein.«

Burkhard hebt das Köpfchen und jault wie ein Wolf. Oh Mann, das hört sich ja wirklich jämmerlich an. Ob er wohl mein schlimmes Schicksal beklagt? Du Ärmste!, bedeutet sein Geheul bestimmt, dein Kummer macht mich ganz traurig, Zweibeinerin Henriette.

»Und mich erst, Burki, mich erst«, seufze ich mit gepresster Stimme. »Ich glaube, ich war in meinem ganzen Leben noch nie so unglücklich. Wie konnte Nick mich bloß so fies abservieren?« Schon schießen mir wieder heiße Tränen in die Augen.

Stopp, Henriette! Hör auf, dich selbst zu bemitleiden!

Ich wische die Tränen mit meinem T-Shirt ab, rappele mich auf, setze mich an den Schreibtisch und starte meinen Laptop. Jill hat vollkommen recht: Sich selbst zu bemitleiden bringt auf Dauer gar nichts. Es ist höchste Zeit für einen neuen Blogbeitrag! Und ich weiß jetzt auch endlich, über welches Thema ich schreiben will …

Zwei Stunden später ist der Artikel online:

SCHLUSS MIT LUSTIG

Bestimmt kennt ihr alle den **Schlussmacher**. Ihr wisst schon, den Film, in dem Matthias Schweighöfer einen Mitarbeiter einer Trennungsagentur spielt und es für andere übernimmt, mit ihren Partnerinnen Schluss zu machen. Jämmerlicher geht's kaum, oder? Einen Schlussmacher zu engagieren ist was für Mega-Feiglinge. Doch wie auch immer dein Freund dir mitteilt, dass er nicht mehr mit dir zusammen sein will, es fühlt sich mies an. Ich habe hier die drei übelsten Trennungssituationen für euch zusammengestellt:

Trennung per SMS

Kurz und knapp. Einfach so. Ohne die Chance auf eine letzte Umarmung oder auf eine Begründung. Für mich ist das gleich nach der Sache mit der Trennungsagentur die zweitschlimmste Art, Schluss zu machen. Wenn dir ein Typ so was antut: Sei froh, dass du ihn los bist!

Trennung vor Zeugen

Er hat wohl Schiss, dass du ihm eine Szene machst, deshalb sagt er dir in aller Öffentlichkeit, dass es aus ist. Du wirst natürlich nicht hysterisch. Dazu bist du viel zu verletzt und fühlst dich viel zu sehr erniedrigt. Aber weißt du was? Er ist es nicht wert!

Trennung aus heiterem Himmel

Du ahnst nichts Böses. Im Gegenteil, du freust dich auf ein tolles Date mit ihm. Und dann – peng! – überrascht er dich mit seiner Entscheidung. Das ist zwar nicht so fies wie die ersten beiden Situationen, tut aber dafür umso länger weh. Schließlich denkst du permanent: Warum? Warum??? Warum?????

Daher mein Tipp:

Einfach die Beziehung selbst beenden, bevor er es tut! Ja, das ist wirklich die einzige Lösung. Denn egal, auf welche Art und Weise er sich von dir trennt, ob per Schockmethode oder langsam und schonend, es wird schrecklich sein.

Aus Oma Lydias Wohnung, die direkt über Mums Hofladen *Rapunzels Schatztruhe* liegt, dröhnt Musik. Oma steht auf Bands wie *Metallica* und *AC/DC*. Laut und wild muss es sein – jedenfalls, wenn sie darauf abrocken will. So nennt sie es, wenn sie wie eine Wahnsinnige durch ihre Wohnung tanzt.

Und tatsächlich: Als ich, ohne zu klopfen (das würde sie eh nicht hören), eintrete, fegt Oma Lydia barfuß mit geschlossenen Augen und langem, offenem Haar durchs Wohnzimmer. Sie trägt ein ärmelloses Batikshirt und eine kurze Jeans mit ausgefranstem Rand, außerdem ein Stirnband, das leicht indianisch aussieht. Ich grinse. Niemand hat eine dermaßen coole, ausgeflippte und liebe Oma wie ich!

Als *Highway to Hell* zu Ende ist, öffnet sie ihre Augen wieder, strahlt mich an und schaltet die Musik leiser.

»Henriettchen, wie schön, dich zu sehen! Hast du Lust auf ein Vanilleeis mit Erdbeeren und Sahne?«

Ich nicke begeistert. Dass ich vor lauter Liebeskummer eigentlich nichts essen kann, ist vergessen. Einträchtig löffeln wir unsere Eisbecher leer.

Dann erzähle ich Oma von meiner Theorie, nach der Selberschlussmachen besser ist als umgekehrt. Da prustet sie los. »Aber so was kann man sich doch nicht vornehmen!«

Ich bin ein bisschen beleidigt. Wahrscheinlich war Oma einfach schon zu lange nicht mehr verliebt. Sie hat wohl vergessen, wie es ist, bald vierzehn und voller unglücklicher Schmetterlinge im Bauch zu sein … Aber ich muss zugeben, dass es mir niemals gelungen wäre, Nick zuvorzukommen – schließlich gab es für mich ja keinerlei Anzeichen, dass etwas nicht in Ordnung war. Und wer macht schon auf Verdacht Schluss? Das wäre ja total blöd.

Zurück in meinem Zimmer, lese ich die ersten vier Kommentare zu meinem Blogbeitrag.

Einmal habe ich selbst Schluss gemacht, und das war einfach die Hölle. Erst hatte ich Schiss, dass er nicht darüber hinwegkommt. Doch als er schon nach drei Tagen eine neue Freundin hatte, war ich noch unglücklicher als vorher, schreibt MissMusic.

KissMe28 kommentiert: Geht mir ähnlich. Ich habe mich vor einem halben Jahr von meinem letzten Freund getrennt, und seitdem bin ich voller Zweifel, ob das wirklich richtig war. Ich fürchte, es war ein Riesenfehler.

Honeybee99 hat gepostet: Ich war, ehrlich gesagt, total erleichtert, als mein erster Freund mir eröffnet hat, dass er nicht mehr mit mir gehen will. Ich hatte ohnehin die Nase voll von diesem ewigen Händchenhalten und der Anhimmelei. Außerdem hat er sich für kein einziges meiner Hobbys interessiert. Aber ich hätte niemals gewagt, selbst Schluss zu machen. Irgendwie erschien mir das wie ein schlechtes Omen - als ob ich danach zur Strafe nie wieder einen Freund finden würde. Heute weiß ich natürlich, dass das völliger Quatsch ist ...

Selbstverständlich hat auch PrincessX ihren Senf dazugegeben: Gehe ich recht in der Annahme, dass die Sache mit dem Liebesbeweis nicht funktioniert hat? Ich sagte doch: So was ist nicht käuflich. Jetzt hat er dich abserviert, und du kommst nicht drüber weg. Üble Sache.

Oh, was für eine Besserwisserin! Diese PrincessX ist dermaßen nervig, am liebsten würde ich sie blockieren, damit sie mein Blog nie wieder kommentieren kann. Aber irgendwie hat sie ja recht, wie ich zähneknirschend zugeben muss. Warum müssen angehende Journalistinnen nur so verdammt objektiv sein? Andererseits hat mich Nick ja keineswegs wegen meines Geschenks »abserviert«, wie diese Ziege es formuliert hat. Wenn man es genau nimmt, hat sie also doch unrecht.

Mein Blick fällt auf die Pinnwand, an der ich vor über einem Jahr eine Skala mit meinen großen Zielen angebracht habe. Damals, mit zwölf, wollte ich unbedingt herausfinden, was es mit dem Erwachsenwerden so auf sich hat, und ich wollte meine Karriere als Wissenschaftsjournalistin voranbringen. Diese beiden Ziele habe ich erreicht. Immerhin erscheint bald mein Buch *Alles, was Mädchen wissen sollten, bevor sie 13 werden*, das aus meinen Blogbeiträgen entstanden ist – und darin steht alles, was man über das Erwachsenwerden wissen sollte. Mein drittes Ziel war, einen festen Freund zu finden. Den habe ich zwar tatsächlich gefunden, aber inzwischen hat Nick ja mit mir Schluss gemacht …

Unschlüssig stehe ich vor der Pinnwand. Eigentlich war die Idee mit den Zielen ziemlich gut. Vielleicht sollte ich einfach neu definieren, was ich erreichen will?

Aber diesmal genügen mir zwei Ziele – die zu erreichen ist schwierig genug. **Als Erstes will ich herausfinden, was die Liebe mit uns macht und warum – natürlich aus wissenschaftlicher Sicht. Und zweitens will ich diesen blöden Liebeskummer besiegen …** Und zwar so schnell wie möglich! Spätestens aber bis zu meinem vierzehnten Geburtstag. Allerspätestens!

Ich nehme einen roten Papierstreifen und markiere darauf eine Skala von null bis zehn. Für die Sache mit der Liebe nehme ich eine rote Pinn-Nadel und stecke sie neben die Vier. Immerhin schreibe ich schon eine ganze Weile mein neues

Blog *Liebe für Anfänger* und habe inzwischen schon eine Menge Infos gesammelt. Was das Besiegen des Liebeskummers betrifft, so bin ich allerdings noch ganz am Anfang. Ich stecke den blauen Pinn auf Level eins. Dann überkommt mich ein akuter Sehnsuchts-Heulanfall, und ich ziehe die Reißzwecke wieder aus dem Kork, um sie halb blind vor Tränen eins niedriger zu platzieren. Ja, ich bin eine echte Null, wenn es darum geht, Nick zu vergessen. Und ich habe keine Ahnung, wie ich daran jemals etwas ändern soll.

04

Funkstille

Oder: Aus den Augen heißt noch lange nicht aus dem Sinn

AUCH DIE ÖDESTEN SOMMERFERIEN gehen einmal zu Ende, aber was darauf folgt, ist nichts anderes als das wohl traurigste neue Schuljahr aller Zeiten. Klar, es ist schon cool, alle wiederzusehen: Olivia, Mia, Sophie, Jana, Anne, nicht zu vergessen Aaron, Felix, Ruben, Max und Jacob … Kaum zu fassen, dass ich früher mal in jeden einzelnen von den Jungs verknallt war. Ständig habe ich mich verliebt und wieder entliebt, ohne dass jemand außer mir selbst davon erfahren hätte. Ich war auf heimliche Schwärmereien spezialisiert, bis Nick aufgetaucht ist. Jetzt ist er weg – fort aus meinem Leben und aus unserer Klasse. Wahrscheinlich ist er inzwischen längst in Schottland gelandet. Jedenfalls gehe ich davon aus. Ich habe seit dem Jahrestag nichts mehr von ihm gehört. Es herrscht absolute Funkstille zwischen uns – genauso, wie ich es wollte.

Andererseits …

Nein, falsch. Es gibt kein Andererseits. Ich muss Nick vergessen, wenn ich diesen elenden Liebeskummer überwinden will, und das gelingt mir am besten, wenn ich nichts von ihm sehe, höre oder lese. Dass ich ab und zu noch von ihm träume, kann ich allerdings nicht ändern. **Das Wunschprogramm für Träume** wurde leider noch nicht erfunden. Und für die Realität gibt es solch ein Programm blöderweise auch nicht, sonst würde ich mich sofort in die Zeit zurückbeamen, in der noch alles zwischen uns okay war, und Nick vielleicht ein klein bisschen mehr Freiraum lassen, damit er sich von mir nicht erdrückt fühlt. Dann wären wir bestimmt noch zusammen. Vielleicht jedenfalls.

»Hallo? Jemand zu Hause?«, rufe ich irritiert, als ich nach der Schule nach Hause komme und die vollkommen verwaiste Küche betrete. Mum scheint noch gar nichts vorbereitet zu haben – keine Körnerpuffer, keine Gemüsepfanne und schon gar keinen Karottensalat. Ob ihre Uhr vielleicht stehen geblieben ist? Ich schaue im Laden nach, doch die Tür ist verschlossen. *Heute erst am Nachmittag für Sie geöffnet*, steht auf einer altmodischen Tafel.

Pling! Da fällt der Groschen, wie Oma sagen würde: Natürlich, heute ist ja Tessas erster Schultag … Den lassen sich Mum, Paps und Oma Lydia logischerweise nicht entgehen. Vor lauter Nick (oder besser: Nicht-Nick) habe ich das völlig verschwitzt.

Wahrscheinlich sind sie jetzt gerade alle mit der frischgebackenen Erstklässlerin in ihrer Lieblingspizzeria, während ich mir an den steinharten Hirsetalern, die von gestern Abend noch übrig sind, die Zähne ausbeißen darf. Na großartig!

Der Badezimmerblockierer hat die Sache mit der Einschulung offenbar nicht vergessen und die Gunst der Stunde genutzt, um sich sein Mittagessen im Fast-Food-Tempel zu besorgen. Pfeifend betritt er die Küche, nickt mir zu und packt dann genüsslich seine Beute aus. Fünf Hamburger und eine Riesenportion Pommes!

»Schaffst du das denn alles?«, frage ich hoffnungsvoll, denn schlagartig läuft mir das Wasser im Mund zusammen. Vielleicht bekomme ich ja was ab …

»Kannst du mir Jills neue Handynummer geben?«, gibt er lauernd zurück. »Das wär mir einen Hamburger wert. Und wenn's sein muss, auch die Hälfte der Pommes.«

»Vergiss es«, schnappe ich verächtlich.

Der spinnt wohl!

»Tja«, macht Levin bloß. »War nur ein Angebot.«

Ich nehme mir einen Joghurt aus dem Kühlschrank und rausche in mein Zimmer ab, ohne mein Bruderherz und sein verbotenes Futter eines weiteren Blickes zu würdigen.

Während ich den Joghurt löffele, starte ich meinen Laptop und fange an, ein bisschen zu recherchieren. Wenn ich über Nick hinwegkommen will, muss ich mich mit meinen Gefühlen auseinandersetzen. Aus wissenschaftlicher Sicht natürlich. Vielleicht werde ich den Liebeskummer ja los, wenn ich darüber schreibe?

In einem Forum lese ich den Tipp einer Psychologin: »Bringen Sie Ihre Gefühle zum Ausdruck«, meint sie und rät dazu, Bilder zu malen oder Gedichte zu verfassen, die vor Traurigkeit und Sehnsucht nur so triefen. Ach nein – da bleibe ich doch lieber bei meinen Blogbeiträgen!

HEUL DOCH? JA, GENAU!

Rein statistisch gesehen, erleben wir es alle mindestens einmal im Leben, höchstwahrscheinlich sogar öfter: Liebeskummer. X liebt Y, aber Y liebt X nicht oder zumindest nicht mehr. Das ist natürlich Y's gutes Recht – man kann schließlich niemanden zu irgendwelchen Gefühlen zwingen. Aber für X bricht eine Welt zusammen. Möchte hier irgendjemand mit X tauschen? Nein? Dachte ich's mir ...

Ich persönlich würde meinen Liebeskummer liebend gerne gegen eine fette Erkältung eintauschen, denn die ist wenigstens nach zwei Wochen ausgestanden. Außerdem finde ich Husten, Schnupfen und Heiserkeit längst nicht so schlimm wie die Symptome der unglücklichen Liebe: Null Bock auf gar nichts ist da nur die Spitze des Eisbergs. Manche haben übermäßigen Appetit, andere gar keinen. Dazu kommen Schlaflosigkeit, Bauchschmerzen, Konzentrationsprobleme. Nicht zu vergessen: Heul- und Wutanfälle. In besonders schweren Fällen führt Liebeskummer sogar zu Depressionen oder einem gebrochenen Herzen. Ja, das gibt es wirklich – in der Medizin wird es als Broken-Heart-Syndrom bezeichnet, wenn der Herzmuskel nach einer extremen emotionalen Belastung

nicht mehr richtig funktioniert und sich das so ähnlich auswirkt wie ein Herzinfarkt.
Aber keine Angst, so was passiert nur sehr selten. Wahrscheinlicher ist es, dass Liebeskranke extrem kitschige Lyrik schreiben. Das nennt man dann wohl romantisch.
Ich weiß ja nicht, wie es euch geht, doch ich persönlich mag es lieber etwas moderner. Ohne Gedichte und so. Viel besser gefällt mir die Idee, ein Mantra zu finden, das es mir leichter macht, mit meinem Liebeskummer (okay, ich geb's zu: Ich bin akut betroffen) klarzukommen. Welche Formulierung gefällt euch am besten?
Vorschlag 1: Wenn X nicht mehr mit mir zusammen sein will, ist er selber schuld!
Vorschlag 2: Ich fühle mich mies, aber ich bin nicht mies, sondern ziemlich super.
Vorschlag 3: Mist! Mist! Mist!!!

Gerade als ich den Beitrag hochlade, höre ich, wie die Haustür aufgeschlossen wird. Tessas aufgeregtes Geplapper übertönt alle anderen Stimmen.

Ich laufe in die Küche, wo meine kleine Schwester auf dem Esstisch thront, bewaffnet mit der riesigen, von Mum gebastelten Schultüte, auf dem Rücken den Manga-Pony-Ranzen. Seit wann darf man denn bei uns auf dem Tisch sitzen?

Oma ist die Einzige, die mich bemerkt und mich mit einem Luftkuss begrüßt. Mum und Paps hängen an Tessas Lippen, als wäre sie ein Wunderkind, das gerade die Lottozahlen vom kommenden Samstag weissagt. Dabei erzählt sie einfach nur wie ein Wasserfall von ihren ersten Stunden als Grundschülerin.

Plötzlich niest Paps einmal – zweimal – dreimal. Dann hüstelt er und meint: »Ich hab das Gefühl, ich werde krank.«

Mum schaut ihn schräg von der Seite an. »Du bist doch nicht aus Zucker, oder?«, fragt sie spitz. Besonders viel Mitleid scheint sie nicht zu haben. Hoffentlich fangen sie jetzt nicht schon wieder zu streiten an. Erwachsene machen sich manchmal echt gegenseitig das Leben schwer.

»Ich geh lieber zum Arzt«, beschließt Paps trotzdem, und fast könnte man meinen, er wäre froh, wenn er wirklich krank wäre. Das ist wieder einmal seltsam. Sehr seltsam. Erst der Sushi-Kochkurs, dann das …

Obwohl ich den Blogbeitrag vor gerade mal einer halben Stunde veröffentlicht habe, gibt es schon erste Kommentare. Sehr cool! Und diesmal hat PrincessX nichts vom Stapel gelassen. Noch besser!

Oh weh, das klingt ja echt übel! Ich hatte noch niemals Liebeskummer, aber auf ewig bleibe ich bestimmt nicht davon verschont. Mir graut schon jetzt davor – mehr als vor dem nächsten Zahnarztbesuch, schreibt Pippilotta.

Tja, das ist ein guter Vergleich. Wobei ich freiwillig täglich zum Zahnarzt gehen würde, wenn ich nur Nick zurückbekäme! Oder wenn ich wenigstens aufhören könnte, an ihn zu denken …

Ich gehöre leider zu denjenigen, die bei Liebeskummer nicht gerade unter Appetitlosigkeit leiden. Wenn das so weitergeht, bin ich bei durchschnittlich zwei Trennungen im Jahr noch vor dem Abitur kugelrund, hat HotChili kommentiert. Da bin ich froh, dass ich zur Fraktion der Appetitlosen gehöre.

Der dritte Kommentar kommt von BestFriend – und das ist Jill. Sie ist die einzige Leserin, bei der ich weiß, wer hinter dem *Nickname* steckt, und umgekehrt ist sie auch die Einzige, die meine Identität kennt. Ihr Posting lautet:

Vielleicht hilft es, wenn du dich ein bisschen ablenkst? Bestimmt gibt es da eine beste Freundin, die supergerne mit dir shoppen geht oder ins Kino oder einfach nur in den Park ... Liebeskummer verfliegt, Freundschaft bleibt, vergiss das nicht!

Noch während ich über Jills Kommentar nachdenke, kündigt ein **Pling** an, dass eine neue Mail in meinem Posteingang gelandet ist. Sie kommt vom *ORANGE-Verlag*. Bestimmt geht es um das Buch! Aufgeregt öffne ich die Nachricht und lese:

> Liebe Jette,
> heute habe ich eine tolle Nachricht für dich: Wir haben uns entschlossen, dein Buch **Alles, was Mädchen wissen sollten, bevor sie 13 werden** bereits im Oktober zu veröffentlichen. Also einen Monat

früher als ursprünglich geplant. Auch haben wir uns jetzt für ein Cover entschieden, das uns sehr begeistert und dir hoffentlich ebenfalls gefällt - du findest es im Anhang.
Herzliche Grüße,
Hanne Schneider,
Programmleiterin im ORANGE-Verlag

In zwei Monaten schon? Wow! Ich bin plötzlich ganz aufgeregt und öffne mit zitternden Händen den Anhang. Was, wenn ich das Cover blöd finde?

Oh, wie genial ist das denn?!

Der Titel steht in Handschrift auf dem Umschlag, und drum herum gibt es jede Menge Zeichnungen, vor allem Herzchen – genau so, wie ich sie immer auf meinen Block kritzele, während ich telefoniere. Und zwischen all den Herzchen steht in fetter Schreibmaschinenschrift mein Name. Natürlich nicht Henriette Vogelsang, sondern Jette V., mein Pseudonym. Wenn Mum und Paps jemals herausfinden, dass ich dahinterstecke, bin ich geliefert … Aber das werden sie nicht. Dafür sorgt meine Verbündete, Oma Lydia.

Ich will direkt zu ihr hinüberrennen, um ihr die aufregende Neuigkeit zu erzählen, doch als ich aus dem Haus komme, sehe ich, wie sie gerade in flottem Laufschritt um die Ecke verschwindet.

Stattdessen kommt mir Tessa mit Burkhard entgegen. »Oma ist schocken gegangen«, erklärt sie mir, und ich muss grinsen. Denn sooo groß ist der Unterschied zwischen schocken und joggen tatsächlich nicht. Ich hab das mal ausprobiert und war danach dermaßen kaputt, dass es bei diesem einen Versuch geblieben ist.

Oma Lydia dagegen ist ziemlich sportlich, sie läuft sogar bei dieser Bullenhitze locker zehn Kilometer, ohne außer Atem zu kommen, und beim Yoga ist sie dermaßen gelenkig, dass sie damit fast im Zirkus auftreten könnte.

Aber dass sie ausgerechnet jetzt joggen gehen muss, wo ich ihr etwas so Wichtiges zu erzählen habe …

Bevor ich vor Mitteilungsdrang platze, rufe ich Jill an.

»Wow, das wird dann ja ein richtiges Geburtstagsgeschenk für dich, wenn das Buch im Oktober erscheint!«, ist ihre spontane Reaktion.

»Daran hab ich ja noch gar nicht gedacht«, muss ich zugeben.

»Sag bloß, du hast unseren Geburtstag vergessen? Wie gut, dass du mich hast – sonst würdest du eines Morgens wach werden und wärst **plötzlich vierzehn**, ohne es zu merken«, kichert Jill.

»Zum Glück feiern wir gemeinsam, dann kann das nicht passieren.«

»Hast du dir eigentlich schon überlegt, wo und wie wir feiern wollen? Wahrscheinlich nicht, schätze ich mal – dafür bist du noch viel zu sehr mit deinem Liebeskummer beschäftigt.«

»Bin ich gar nicht!«, widerspreche ich heftig. Und um zu beweisen, dass Jill absolut danebenliegt, tue ich so, als hätte ich tatsächlich längst einen Plan: »Was hältst du von einer Mottoparty?«

»Nicht schlecht. Hast du auch schon ein Motto?«

»Das sollten wir uns gemeinsam überlegen«, rede ich mich heraus. Denn natürlich ist mir in den letzten drei Sekunden keins eingefallen.

»Dann lass uns nächstes Wochenende ein Party-Planungs-*möte* machen«, schlägt Jill vor.

»Du meinst, wir sollten uns treffen, um alles zu planen?«, übersetze ich ins Blaue hinein. Manchmal rutscht ihr aus Versehen ein schwedischer Ausdruck heraus – so wie gerade eben das Wort *möte* –, aber meistens kann ich dann aus dem Zusammenhang erraten, was sie meint. Auch diesmal liege ich richtig. Wir verabreden uns für kommenden Samstag bei mir.

Ich laufe hinüber zum Laden, um Mum zu fragen, ob Jill am Samstag bei mir übernachten darf. Doch dann bleibe ich draußen stehen und belausche durch das Fenster ein Gespräch meiner Eltern, das mir trotz der Gluthitze eine Gänsehaut über den Rücken jagt.

»Ach, Eva. Du hast ja keine Ahnung«, sagt Paps verbittert, und Mum antwortet: »So geht's einfach nicht weiter, Patrick.«

Au Backe! Das klingt nach Streit ...

Ich beschließe, später nach der Übernachtungserlaubnis zu fragen, und schleiche zurück in mein Zimmer. Burki folgt mir und springt zu mir aufs Bett, wo ich ihn nachdenklich kraule.

Es ist noch gar nicht lange her, da fand ich es megapeinlich, mir meine Eltern als Liebespaar vorzustellen. Und jetzt ... Ja, jetzt finde ich es einfach furchtbar, mir vorzustellen, sie könnten keins mehr sein. Was, wenn sie sich trennen, genau wie Nick und ich? Wenn unsere Familie zerbricht? Ich will lieber gar nicht dran denken!

Ob Paps' seltsame Stimmungsschwankungen die Ursache für die häufigen Streitereien meiner Eltern sind? Da fällt mir ein, dass Paps ja beim Arzt war. Was also, wenn es gar nicht um einen Ehekrach ging, sondern um eine schlimme Krankheit, und wenn Paps deshalb neuerdings so komisch ist? Ich muss herausfinden, was los ist!

Paps liegt auf dem Sofa und schaut ganz trübsinnig aus der Wäsche, als ich eine Stunde später nach unten ins Wohnzimmer schleiche – und das, obwohl im Fernsehen Fußball läuft.

»Paps, du wirst doch wieder gesund?«, platze ich heraus, anstatt – wie geplant – mit geschickter journalistischer Fragetechnik die Wahrheit aus ihm herauszukitzeln. Blöderweise schießen mir schon wieder Tränen in die Augen. Seit der Sache mit Nick bin ich eine richtige Heulsuse geworden.

»Aber klar doch, meine Große«, beruhigt er mich. »Ich bin einfach nur zwei Wochen krankgeschrieben, aber es ist nichts Schlimmes. Ich fühle mich nur ein wenig schlapp und ausgepowert.«

Ich bin erleichtert! Ein bisschen jedenfalls. Denn so ganz glaube ich ihm nicht. Paps sieht überhaupt nicht gesund aus – oder zumindest überhaupt nicht glücklich. Ob es sein öder Job ist, der Paps so fertigmacht? Er braucht dringend eine Aufmunterung, finde ich!

Vielleicht müsste Paps auch mal ein Buch schreiben, damit er sich auf etwas freuen kann? Ich sehe das Cover schon vor mir: *Die Kunst, den langweiligsten Job der Welt zu überleben* würde der Titel lauten, und darunter sähe man einen miesepetrigen Sachbearbeiter, der am Schreibtisch sitzt und sich verlegen am Kopf kratzt. Hm, vielleicht doch keine so gute Idee. Wer würde so ein Buch schon kaufen wollen?

Möglicherweise gibt es ja auch niemanden, der sich für mein Buch interessiert. Wer weiß? Aber Frau Schneider vom *ORANGE-Verlag* glaubt fest an den Erfolg von *Alles, was Mädchen wissen müssen, bevor sie 13 werden*. Und ich hoffe, sie hat recht!

Als ich damals angefangen habe zu bloggen, wollte ich einfach nur herausfinden, was es bedeutet, erwachsen zu werden. Damals wäre ich am liebsten für immer ein Kind geblieben! Ganz schön albern, oder? Aber wenn ich mir anschaue, dass das Erwachsensein für die meisten Menschen vor allem viel Arbeit und wenig Spaß bedeutet, dann kann ich mein zwölfjähriges Ich ganz gut verstehen.

»Hiermit verspreche ich meinem zukünftigen Ich hoch und heilig, nicht so eine spaßbefreite Erwachsene zu werden, die nur ans Geldverdienen denkt«, murmele ich entschlossen.

»Wuff!«, bestätigt Burki.

05

Auch das noch!

Oder: Wie unfreundlich muss ich denn sein, damit er es schnallt?

EIGENTLICH WOLLTE ICH ja nur nachschauen, ob es neue Kommentare zu meinem Liebeskummer-Blogbeitrag gibt, doch dann bleibt mir fast das Herz stehen, als ich aus purer Gewohnheit noch mein Postfach checke und dort eine neue Nachricht finde.

Eine E-Mail von Nick!

Was bildet der sich eigentlich ein? Wir hatten Funkstille vereinbart! Besser gesagt, ich habe von ihm verlangt, dass er mich in Ruhe lässt. »Sich nie wieder melden« beinhaltet nicht nur, mich nie wieder anzurufen, sondern natürlich auch, mich nie wieder mit E-Mails zu belästigen.

Im Affekt klicke ich auf **Löschen**. Egal, was er von mir will – ich werde es gar nicht erst lesen. Denn wenn ich das tue, gebe ich ihm dadurch bloß Macht über meine Gedanken.

Dann wird mir allerdings klar, dass ihm eine ungelesene Mail noch viel mehr Macht über meine Gedanken verleiht.

Mein Gehirn ist einfach nicht fähig, sich mit etwas anderem zu beschäftigen als mit der Frage, was Nick wohl geschrieben hat. Hat er sich etwa eine neue Gemeinheit ausgedacht? Oder hat er sonst eine unangenehme Überraschung für mich in petto? Was auch immer es ist – es wäre vielleicht nicht verkehrt, seine Mail zu lesen, denn ich könnte daraus lernen, wie Jungs drauf sind, nachdem sie einen abserviert haben. Meine Neugier ist rein wissenschaftlicher Art!

Okay. Dann bleibt mir wohl nichts anderes übrig, als Nicks Nachricht aus dem Papierkorb zu fischen und wiederherzustellen. Zum Glück sind gelöschte E-Mails nicht so unwiederbringlich verloren wie verbrannte Briefe aus Papier.

Als ich den Betreff lese, stutze ich: *There and Back Again*, steht da – also *Hin und wieder zurück*. Hat ihn etwa das Heimweh so sehr gepackt, dass er seinen Aufenthalt in Schottland verkürzen will?

Gespannt öffne ich die Mail. Doch schon die ersten Zeilen verraten mir, dass Nick ganz und gar nicht daran denkt, früher heimzufliegen:

Hi Henriette,
sicher kommt dir mein Betreff bekannt vor. Genau, ich hab es bei J. R. R. Tolkien geliehen, genauer gesagt aus dem Untertitel von **Der Hobbit**.
Stell dir vor, ich darf **The Hobbit or There and Back Again** schon wieder als Schullektüre durchkauen! Deshalb meine Bitte: Kannst du vielleicht nachschauen, ob mein Exemplar irgendwo bei dir rum-

liegt? Meine Eltern haben schon mein komplettes Zimmer auf den Kopf gestellt und es nicht gefunden. Wäre wirklich super, wenn du mir das Buch schicken könntest, denn ich habe darin sämtliche Vokabeln, die ich damals rausgesucht habe, an den Rand geschrieben und auch sonst einige Anmerkungen gemacht, die ich bestimmt gut gebrauchen kann. Ich sag schon mal danke im Voraus!
See you, Nick
PS: Ich weiß, du willst nicht, dass ich mich melde, aber das hier ist ein Notfall …
PPS: Hoffentlich bist du nicht mehr sauer auf mich.

Ich kann es einfach nicht fassen. Der spinnt wohl! Bin ich etwa sein Fundbüro? Oder seine Sekretärin? Und überhaupt: mit welcher Dreistigkeit er sich über unser Nicht-Kontakt-Abkommen hinwegsetzt … **Tsss.** Unverschämt, echt.

Empört klicke ich auf Antworten und schreibe die knappste, unfreundlichste, coolste Nachricht, die mir einfällt:

Nick,
ich kann dir da nichts versprechen. Wenn ich darüber stolpern sollte, melde ich mich.
Gruß, Henriette

Ich zögere kurz, dann lösche ich das Wort »Gruß« wieder. So ist es perfekt! Und weg damit …

Kaum ist die Mail abgeschickt, ertappe ich mich dabei, wie

mein Blick über das Bücherregal wandert. Mein Unterbewusstsein scheint mir wohl gerade einen Streich zu spielen! Ganz bestimmt werde ich nicht nach diesem blöden Hobbit-Buch suchen. Ich fand es schon letztes Schuljahr, als wir es in Englisch durchgenommen haben, total doof.

Hilfe, jetzt schaue ich tatsächlich den Bücherstapel neben dem Bett durch. Bin ich denn völlig durchgeknallt? Ich muss hier raus!!!

»Los, Burkhard, wir drehen eine Runde«, entscheide ich spontan. Burki erhebt sich träge und folgt mir nach draußen.

Während mein Hund eifrig an jedem Grashalm schnüffelt, an dem vielleicht ein anderer Hund zuvor seine Duftmarke hinterlassen hat, grübele ich über meine heftige Reaktion von eben nach. Von meinem Ziel, Nick zu vergessen und damit auch den Liebeskummer zu besiegen, bin ich wirklich noch meilenweit entfernt.

Im Nachhinein könnte ich mich auch dafür ohrfeigen, dass ich überhaupt geantwortet habe. Das war echt nicht besonders clever und wird mir nicht noch mal passieren. Garantiert nicht! Aber wenn Nick nicht gerade ein vollkommen unsensibler Klotz ist (und so schätze ich ihn trotz allem nicht ein), wird er wohl eh kapiert haben, dass es mehr als unverschämt von ihm war, sich bei mir zu melden! Soll er doch seine blöden Vokabeln ein zweites Mal rausschreiben. Schließlich ist er ja nach Schottland gegangen, um sein Englisch zu verbessern. Da werde ich garantiert nicht seine Faulheit unterstützen …

»Wollen wir hoffen, dass er meine Botschaft kapiert hat und sich nie wieder meldet«, sage ich zu Burki, der mich mit aufmerksamen Hundeaugen anschaut. Ich würde darauf wetten, dass er jedes Wort versteht! »Wie soll ich sonst jemals meinen Liebeskummer überwinden? Am besten denke ich einfach nicht mehr an Nick und sage ab sofort auch nie wieder seinen Namen«, füge ich hinzu.

Burkhard hebt ein Bein und pinkelt ausführlich. Auch eine Art, die ganze Sache zu kommentieren.

Auf dem Heimweg schaue ich kurz bei Oma Lydia vorbei. Sie sitzt auf ihrem orangefarbenen Riesensofa und liest einen fetten Krimi.

»Henriette, wie schön!«, begrüßt sie mich und nimmt mit der linken Hand die Lesebrille ab, während sie mit der rechten ihr Buch zur Seite legt.

Ich erzähle ihr, dass *Alles, was Mädchen wissen sollten, bevor sie 13 werden* nun schon im Oktober erscheinen wird. Das wollte ich ihr längst sagen, aber irgendwie war ich zu beschäftigt, um daran zu denken.

»Dann überweist dir der Verlag sicher auch bald das Geld«, sagt Oma.

Ich bin total verblüfft: »Geld? Das habe ich ja total vergessen!«

Da muss Oma lachen. »Die meisten Mädchen in deinem Alter hätten das Honorar im Geiste bestimmt schon komplett ausgegeben«, meint sie. »Ich werde dir, wie verabredet, ein Konto anlegen und es für dich verwalten. Mit deinen Ersparnissen kannst du dann den Führerschein finanzieren, wenn du achtzehn wirst.«

Ich nicke. Genau so haben wir es besprochen.

Doch Oma scheint diesen Plan inzwischen geringfügig überdacht zu haben: »An deiner Stelle würde ich mir einen besonderen Wunsch allerdings schon jetzt erfüllen. Bis du volljährig wirst, dauert es schließlich noch eine ganze Weile.«

»Aber … Mum und Paps dürfen doch nichts von meinem Buchhonorar erfahren«, wende ich ein.

»Keine Sorge«, lächelt Oma Lydia, »darum kümmere ich mich. Wir kriegen das schon hin, ohne dass sie Verdacht schöpfen.«

Paps, der mal wieder in kurzen Shorts und altem T-Shirt auf der Couch rumgammelt, würde wahrscheinlich nicht einmal Verdacht schöpfen, wenn ich hier auf einem Pony angeritten käme und ein goldenes Diadem auf dem Kopf hätte.

Zurück in meinem Zimmer, will ich gerade mit den Mathe-Hausaufgaben anfangen, als ein **Pling** aus dem Laptop verrät, dass schon wieder eine Mail angekommen ist.

Ich versuche, zuerst die Aufgabe zu Ende zu rechnen, an der ich gerade sitze, aber das halte ich nur gefühlte drei Sekunden durch. Dann muss ich doch nachschauen, wer mir geschrieben hat – nur um sicherzugehen, dass die Nachricht **nicht** von Nick ist.

Sie ist es doch!

Oh Mann, der hat vielleicht Nerven … Wütend lese ich, was er diesmal geschrieben hat:

Hi Henriette,
lieb von dir, dass du das Buch für mich suchen willst. Hoffentlich findest du es – ich würde bei meiner ersten Arbeit in dieser Schule gerne einen guten Eindruck hinterlassen.
Ich hatte übrigens ein bisschen Angst, du könntest noch sauer auf mich sein. Zum Glück habe ich mir ganz umsonst Sorgen gemacht!
Danke für deine Hilfe und so long – Nick

Pah, wie kann man bloß so verpeilt sein und nicht merken, dass ich stinksauer bin? Was Gefühlsdinge betrifft, ist Nick scheinbar doch so sensibel wie ein Trampeltier.

Ich markiere die Mail als ungelesen und wende mich wieder meinen Hausaufgaben zu. Der kann lange warten …

Aber dann fällt mir eine schlagfertige Antwort ein, und ich kann mich leider nicht bremsen und muss noch einmal zurückzuschreiben:

Sorgen sind immer umsonst, aber selten überflüssig!
H.

Wow, um diese geniale Formulierung wäre es wirklich schade gewesen, wenn ich sie nicht verwendet hätte!

Leider hält mein nun noch knapperer Schreibstil Nick nicht davon ab, erneut zu antworten, und diesmal ist seine Mail sogar richtig ausführlich! Ich muss wohl um einiges deutlicher werden, damit er sich nie mehr meldet, denke ich, während ich sie seufzend öffne und nachschaue, ob er wenigstens diesmal zwischen den Zeilen gelesen hat. Offenbar nicht:

> Ha, ha, Henriette, du solltest Glückskekstexterin werden. Oder hast du den Spruch etwa irgendwo abgeschrieben? Nein, bestimmt nicht – das klingt ganz nach dir ☺.
> Edinburgh ist übrigens oberkrass. Zwar voller Touristen, aber das ist ja logisch, wenn eine Stadt so superschön ist. Dir würde es hier bestimmt auch gefallen, vor allem das Castle.
> Ach ja, ich bin gleich in der Fußball-Schulmannschaft aufgenommen worden. Natürlich als Torwart, logo. Cool, was? Deshalb muss ich jetzt auch los, wir haben Training. Bis dann!
> Nick

Nur mit allergrößter Selbstbeherrschung schaffe ich es, darauf nicht mehr zu antworten.

Seine letzte Mail war aber auch wirklich total nett. Und witzig. Meine angriffslustigen Zeilen hat er einfach ignoriert und mich dadurch vollkommen aus dem Konzept gebracht.

Und ich blöde Kuh habe ihm nicht nur einmal, sondern sogar zweimal geantwortet.

Andererseits hat es fast sogar Spaß gemacht, mich mit ihm auszutauschen. Es hat sich beinahe so wie früher angefühlt, nur ohne Herzklopfen und so.

Okay, ich gestehe: Es hat nicht nur **fast** Spaß gemacht. Und dass ich innerlich völlig cool geblieben bin, kann ich auch nicht gerade behaupten …

Ich schließe das Mailprogramm und mache schnell meine Matheaufgaben zu Ende. Dann packe ich meinen Ranzen für den nächsten Schultag und stoße dabei **rein zufällig** in der untersten Schreibtischschublade, in der ich das Geodreieck vermutet habe, auf *The Hobbit or There and Back Again*. Na toll. Und nun? Kann ich etwa so tun, als hätte ich das Buch nie gefunden? Das wäre ja wirklich fies von mir.

Wenn Nick nicht mein Exfreund wäre, sondern ganz einfach ein normaler Schulkamerad, der gerade ein Austauschprogramm in Schottland macht, dann würde ich mich jetzt nicht so anstellen, sondern ihm das Buch selbstverständlich schicken.

Aber Nick ist nun mal kein normaler Junge für mich.

Und ich glaube auch nicht, dass er jemals wieder einer werden kann. Oder vielleicht doch?

Wenn das jemand beantworten kann, dann meine Blogleserinnen! Diesmal wird mein Artikel ziemlich kurz. Denn viel wichtiger sind die Kommentare, auf die ich schon megagespannt bin.

VÖLLIG UNMÖGLICH! GLAUBE ICH …

Schluss bedeutet Schluss. Wut und Verachtung sollten daher die einzigen Gefühle sein, die man seinem Exfreund gegenüber empfindet, oder? Aber was, wenn er ein netter Typ ist? (Natürlich bis auf die Tatsache, dass er einen eiskalt abserviert hat.) Ist es – rein theoretisch – mög-

lich, dass ein Mädchen weiterhin mit ihrem Ex befreundet ist? Also ganz ehrlich: Ich halte das für ausgeschlossen. Aber vielleicht hat ja eine von euch andere Erfahrungen gemacht? Erzählt mal!
Eure Jette V.

Die ersten Kommentare trudeln schon nach wenigen Minuten ein.

Oh-oh, böse Falle! Jungs können ihre Gefühle komplett ausschalten. Ich kann es leider nicht – und ich kenne auch kein Mädchen, das das könnte. Der Versuch, mit dem Ex befreundet zu sein, muss einfach schiefgehen, schreibt Chica2000.

Mist, genau wie befürchtet.

Tschakka321 kommentiert: **Wut und Verachtung? Na, das ist aber nicht gerade erwachsen. Versuch's mal mit Gleichgültigkeit!**

Na super. Hab ich jemals behauptet, in Gefühlsdingen erwachsen zu sein? Kann das überhaupt jemand von sich sagen? Wenn ich Mum und Paps so betrachte, bleibt man in dieser Hinsicht wohl auf ewig in der Pubertät stecken … Wenn die wüssten, wie kindisch ihre ewige Zankerei wirkt.

Und natürlich muss sich auch PrincessX mal wieder zu Wort melden:

Ehrlich gesagt wüsste ich nicht, warum eine Freundschaft mit dem Ex unmöglich sein sollte. Vielleicht noch nicht direkt am Tag nach der Trennung, aber irgendwann schon. Meine Eltern sind zum Beispiel seit zehn Jahren geschieden und verstehen sich supergut.

Ooops. Da habe ich PrincessX aber völlig falsch eingeschätzt. Sie schafft es sogar, auch mal ohne fiese Seitenhiebe zu kommentieren.

Mein »Ex« und ich sind beste Freunde und sozusagen unzertrennlich, obwohl wir seit vielen Jahren getrennt sind. Allerdings waren wir ein »Paar«, als wir in den Kindergarten gegangen sind. Insofern gilt das Beispiel wohl eher nicht, berichtet SunshineGirl.

Natürlich muss auch Jill als BestFriend ihren Senf dazugeben: **Was auch immer du vorhast, Jette V.: Tu's nicht!!!**

Ist ja schon gut! Ich bin längst überzeugt: Dass ich heute Kontakt mit Nick hatte, muss eine Riesenausnahme bleiben. Morgen schicke ich ihm noch sein blödes Buch, aber danach werde ich ihm nie wieder schreiben. Wie sonst soll ich mein Ziel »Liebeskummer überwinden« jemals erreichen? Das funktioniert einfach nicht, wenn ich immer wieder daran erinnert werde, wie nett Nick sein kann. Beziehungsweise süß. Beziehungsweise fies. Ach, ich weiß ja auch nicht …

06

Baggerpost

Oder: Zu jung? Zu alt? Zu kompliziert!

NEULICH, ALS JILL mich besucht hat, wurde nichts aus der Geburtstagsplanung. Stattdessen haben wir die komplette erste Staffel von *Suburgatory* auf DVD geschaut und dann zwei Bleche Haferkekse gebacken. Mit Honig statt Zucker, damit Miss Familienrat nicht durchdreht.

Am ersten Septemberwochenende starten wir einen neuen Versuch. Diesmal besuche ich Jill. Es ist Samstag, und wir hängen in ihrem Zimmer ab und hören Musik. Alles andere ist uns zu anstrengend – sogar reden. Darum können wir uns nicht sofort dazu aufraffen, mit der Planung zu beginnen.

Als Jill kurz ins Bad verschwindet, fällt mein Blick auf einen Stapel Postkarten neben ihrem Bett. Die oberste zeigt ein total süßes Bärchenmotiv. Ohne groß nachzudenken, drehe ich die Karte um.

»Ich denke Tag und Nacht nur an dich«, lese ich. **Ooops!** Das ist wohl nicht für meine Augen gedacht. Aber die Neugier ist stärker als das Gewissen, und deshalb schaffe ich es einfach nicht, die Karte wieder hinzulegen. Wenigstens den Absender muss ich noch checken.

Mir klappt die Kinnlade runter, als ich entziffere, was am unteren Rand steht: »Love, Levin«, heißt das ganz ohne Zweifel. Das ist ja wohl der Oberhammer! Schnell schaue ich den kompletten Stapel durch, und tatsächlich: überall derselbe Absender.

Ich fasse es nicht. **Diese Heimlichtuerin!** Von wegen, beste Freundinnen erzählen einander alles …

Aber was mich noch viel mehr verblüfft: Jills heimlicher Verehrer ist kein anderer als der Badzimmerblockierer! Damit hätte ich nie im Leben gerechnet.

Andererseits …

Ja, wenn ich es mir recht überlege, hätte ich eigentlich längst darauf kommen können. Ständig fragt er nach Jill, ständig taucht er zufällig in ihrer Nähe auf – und außerdem hat er schon seit Ewigkeiten keine Freundin mehr. Voll untypisch für Levin, der früher ein echter Weiberheld war und seine Knutschpartnerinnen fast wöchentlich wechselte. Ich habe schon befürchtet, mein Bruderherz wäre plötzlich überzeugter Single geworden. Oder religiös. Und ich dachte, er will Jill einfach nur ärgern und stalkt sie deshalb. Doch offenbar ist er ernsthaft verknallt und schickt Jill nun stapelweise romantische Baggerpostkarten.

Tja, Pech gehabt, großer Bruder – bei meiner besten Freundin hast du nicht die geringste Chance!

Jill ist viel zu klug, um zweimal auf denselben Typen reinzufallen.

Fast tut mir Levin ein bisschen leid … Aber nur fast. Schließlich war er es, der Jill vor einem Jahr abserviert hat. Geschieht ihm ganz recht, dass sie ihn jetzt zappeln lässt!

Rechtzeitig bevor Jill zurückkommt, lege ich die Karten zurück und fläze mich wieder auf die Couch. Für einen Moment habe ich Schiss, dass sie mich durchschaut und mir anmerkt, dass ich spioniert habe. Deshalb schließe ich einfach die Augen und tue so, als ob ich chille. Jill schöpft keinen Verdacht. Puh – noch mal Glück gehabt!

Alles ist ganz entspannt, doch dann fragt mich Jill blöderweise nach Nick: »Redet ihr etwa wieder miteinander? Oder wie soll ich deinen letzten Blogbeitrag verstehen?«

»Pah, überhaupt nicht! Von dem will ich nichts mehr hören«, erwidere ich entschlossen. »Der soll sich bloß nie wieder bei mir melden. Meinetwegen kann er in Schottland verrotten!«

Wobei ich mich im Grunde schon verraten habe. Von wegen »nicht mehr«. Das heißt ja, dass er sich inzwischen gemeldet hat. Hoffentlich hat Jill das nicht bemerkt.

Aber so leicht kann ich sie nicht hinters Licht führen: »Aha, ihr hattet also wieder Kontakt. Per Telefon? *WhatsApp?* Oder *Facebook*?«

»Weder noch«, sage ich wahrheitsgemäß. Doch weil mir Jill ohnehin gleich auf die Schliche kommen wird, gestehe ich: »Per E-Mail.« Und dann erzähle ich ihr von der Sache mit der Hobbit-Lektüre, die ich ihm geschickt habe, und der Dankesmail, die er mir daraufhin geschrieben hat. Und wäre es nicht extrem unhöflich gewesen, darauf nicht zu reagieren?

»Was, ihr mailt euch?«

Na ja. Irgendwie schon. Obwohl ich eigentlich meinem Ziel, nicht mehr zu reagieren, relativ nah bin. Schließlich gehen die Mails nie von mir aus – ich antworte bloß. Meist ganz kurz. Und aus purem Anstand. Ich bin eben gut erzogen. Irgendwie ist meine Wut auf Nick inzwischen auch ziemlich verraucht, dabei sollte ich doch eigentlich noch sauer auf ihn sein … oder?

»Es ging nur um diese Buchsache – und fertig«, erkläre ich.

»Klang aber total anders in deinem Blog. Von wegen Freundschaft mit dem Ex …«, bohrt Jill nach.

»Hey, das war eine rein theoretische Frage!«

Jill zieht die Augenbrauen hoch, aber ich schalte jetzt auf stur. Denn es **war** eine theoretische Frage. **Ehrlich!** Eine Freundschaft mit Nick kommt nun wirklich nicht infrage. Ich bin doch nicht verrückt! Ich muss Nick vergessen, sonst werde ich meinen Liebeskummer wohl nie los …

»Sag mal, findest du nicht auch, dass sich Levin in letzter Zeit zu seinem Vorteil verändert hat?«, fragt Jill nach einer kurzen Pause. Ihr Blick wandert zu dem Postkartenstapel, und ich muss mich anstrengen, nicht allzu breit zu grinsen, sondern überrascht zu tun, als sie mir alle Karten zeigt.

»Wahnsinn, mein Bruder ist ja ein echter Poet«, kommentiere ich, und das ist mein voller Ernst. Ich habe jedenfalls noch nie so tolle Liebeserklärungen bekommen, nicht mal von Nick.

Viel interessanter ist jetzt allerdings die Frage, ob Levins Taktik funktioniert. Ich mobilisiere meine journalistischen

Instinkte und bohre vorsichtig nach, wie es um Jills Gefühle steht: »Und wie hast du darauf reagiert?«

»Gar nicht. Ich meine – innerlich habe ich natürlich reagiert, mit Herzklopfen und so, aber das würde ich ihm nie zeigen«, behauptet sie.

»Du kannst ihm also seine Abfuhr von damals nicht verzeihen?«

Jill druckst herum und behauptet, mit so ein paar läppischen Karten könne Levin dieses schändliche Verhalten keinesfalls wiedergutmachen. Doch sie bekommt dabei knallrote Wangen und leuchtende Augen. Ich fürchte, es hat sie tatsächlich wieder erwischt, die Ärmste!

Bevor wir endlich mit der Geburtstagsplanung loslegen, brauchen wir dringend eine Stärkung. Wir gehen also in die Küche, um uns Zimtschnecken aufzubacken. Dort treffen wir Elin, Jills Mutter, die gerade eine Kaffeepause einlegt.

»Ich überssetsse diessse Woche furchtbar langweilige Bauanleitungen«, erklärt sie mit ihrem typisch schwedischen Akzent, »das ist ssso öde. Aber viel besser bessahlt als Krimiüberssetssungen. Na ja, das interessiert euch ssicher kein bisschen, oder?«, lacht Elin jetzt. »Erssählt mal, wovon ihr gerade geredet habt. Von eurem Fessst?«

»Ehrlich gesagt, sind wir noch gar nicht zu dem Thema gekommen«, sagt Jill. »Wir haben über Exfreunde gesprochen.« Dann widmet sie sich ganz den Zimtschnecken, die sie gleichmäßig auf dem Backblech verteilt.

Lächelnd nippt Elin an ihrem Kaffee. »Ach, Mädchen, ihr sseid ja noch sso jung. Nehmt euch die Liebe nicht sso ssu

Herzen. Und überhaupt: Niemand bleibt bei sseinem allerersten Freund.«

Ihre Stimme klingt ein bisschen wie die aus der Ikea-Werbung, und das lässt mich vergessen, dass Elin damit genau dasselbe Argument bringt wie Mum neulich. Und das fand ich im allerersten Trennungsschmerz **reichlich daneben**! Wenn Elin es sagt, kommt es mir irgendwie gar nicht mehr so gemein vor. Eher klug. Fast tröstlich.

»Warst du nicht seeehr, seeeeeeehr jung, als du damals mit mir schwanger wurdest?!«, kontert Jill.

»Stimmt. Aber wo iss dein Papa jetss? Genau das iss doch der Beweiss für meine Theorie«, entgegnet Elin gut gelaunt. Scheinbar findet sie es überhaupt nicht schlimm, dass sich Jills Vater schon vor Ewigkeiten verdünnisiert hat.

Jill holt das Blech mit den Zimtschnecken aus dem Ofen, die wirklich ganz herrlich duften, und stellt es zum Abkühlen auf die Arbeitsplatte.

»Magst du auch einen Eistee dazu?«

»Klaro«, sage ich, denn zu Hause gibt es so etwas nie – Mum findet Eistee mindestens so ungesund wie Hamburger.

Während wir das frische Hefegebäck anschließend in Jills Zimmer genießen, grübele ich darüber nach, was Elin gesagt hat. Ist der erste Freund niemals der Richtige? Sind wir tatsächlich noch zu jung für die wirklich große Liebe? Doch warum fühlt sich der Liebeskummer dann so verdammt schmerzhaft an? Wenn man zu jung für die Liebe ist, sollte man doch auch für den Kummer zu jung sein …

»So, jetzt mal zu unserer Mottoparty. Was hältst du davon,

wenn wir sie erst später planen? Dann sind wir wenigstens richtig in Feierlaune. Im Moment habe ich noch überhaupt nicht das Gefühl, dass bald unser Geburtstag ist«, sagt Jill.

»Mir soll's recht sein«, antworte ich.

Die Frage, ob man jemals zu jung oder zu alt oder genau im richtigen Alter für die Liebe ist, lässt mich auch am nächsten Tag nicht los. Während Paps in der Küche irgendwelche Kreationen aus seinem Sushi-Kurs nachzubauen versucht, Levin in seinem Zimmer bei lauter Musik vermutlich weitere Baggerpostkarten an Jill verfasst und Mum Tessas Hausaufgaben überwacht (was in einem schrillen Theater mündet), sitze ich an einem neuen Blogbeitrag zu genau diesem Thema.

Diesmal läuft es zäh wie Lakritze. Ich denke an die vielen Momente, in denen Erwachsene – meistens Mum – mir gesagt haben, ich sei für irgendetwas noch **zu jung**. Mit drei war ich angeblich zu klein zum Schlittschuhlaufen, mit fünf nicht groß genug, um bei Jill zu übernachten, mit elf noch zu kindisch, um allein zu entscheiden, ob Spanisch oder Französisch meine zweite Fremdsprache werden sollte.

Umgekehrt erinnere ich mich an so einige Gelegenheiten, bei denen Oma Lydia behauptet hat, für irgendetwas **zu alt** zu sein. Zum Beispiel, um sich bei *Facebook* zu registrieren oder um Schach spielen zu lernen oder um zum *Speed Dating* zu gehen. Und dabei ist sie die mit Abstand coolste Oma, die ich kenne! Wenn **sie** schon glaubt, für solche Dinge zu alt zu sein, wie wird es dann wohl normalen Großeltern gehen? Oder normalen Eltern?

Apropos Eltern: Meine sind definitiv nicht normal. Es sei denn, es wäre normal, dass sie gerade beide verrücktspielen.

Paps ist immer noch krankgeschrieben, aber er hat natürlich weder Fieber, noch liegt er im Bett oder hat irgendwelche sichtbaren Entzündungen, sondern grübelt über sein langweiliges Leben nach. Er schwankt zwischen stummer Betrübtheit und überdrehter Begeisterung, wobei Ersteres zumeist auf dem Sofa stattfindet und Zweiteres am Küchenherd. Seit einiger Zeit geht er sogar zu einem Therapeuten, der ihm Ratschläge gibt, wie er sein Leben verändern könnte.

Mum dagegen verliert immer öfter ihre berühmte Selbstbeherrschung und vergisst teilweise sogar ihre goldenen Regeln. Neulich hat sie Tessa nicht einmal korrigiert, als die »Kann ich ein Eis?« gefragt hat. Normalerweise hätte Mum darauf bestanden, dass sie »haben« ergänzt oder den Satz gleich ganz in »Bekomme ich bitte ein Eis?« umformuliert. Und als Levin am Freitagabend verkündet hat, dass er am Wochenende mit ein paar Kumpels zelten geht, hat sie das einfach so genehmigt. Von wegen **Miss Familienrat** – das war einmal. Fast wünsche ich mir die strenge Mutter zurück, die mich mit ihren vielen Regeln genervt hat. Denn so, wie es zurzeit bei uns läuft, komme ich mir fast vor, als wäre ich die Erwachsene in dieser Familie und meine Eltern in der Pubertät …

Womit ich wieder bei meiner ursprünglichen Frage angelangt bin. Die nach dem richtigen Alter. Ich schiebe die Gedanken an die seltsamen Entwicklungen in unserer Familie zur Seite und fange an, ernsthaft zu recherchieren. Anderthalb Stunden später ist der Text fertig:

WANN IST DIE RICHTIGE ZEIT FÜR DEN RICHTIGEN?

Die Wahrscheinlichkeit, dass der allererste Sandkastenfreund zum Partner fürs Leben wird, ist verschwindend gering. Aber wann hat man das ideale Alter erreicht, um ihn zu finden?

Schauen wir mal auf die Statistik:

In Deutschland liegt das durchschnittliche Heiratsalter bei Anfang dreißig. Aller Voraussicht nach bin ich also noch nicht einmal halb so alt, wie ich als Braut sein werde.

Gegenargument: die Geschichte ...

Die durchschnittliche Lebenserwartung der Steinzeitmenschen lag ebenfalls bei Anfang dreißig. Die Menschheit wäre also längst ausgestorben, wenn die Jäger und Sammler damals so lange gewartet hätten wie wir heute.

Frisch verliebt mit über neunzig?

Ja, auch so was gibt es. Das berühmteste Beispiel ist der frühere Bundeskanzler Helmut Schmidt. Fast siebzig Jahre lang war er mit seiner Frau Loki zusammen, dann starb sie. Nach einer Weile hat er sich wieder verliebt. Offenbar ist man für dieses Gefühl nie zu alt. Aber vielleicht zu jung?

Schon mal was von Gretna Green gehört?

In den meisten Ländern ist per Gesetz festgelegt, ab welchem Alter man heiraten darf. In Deutschland muss man dazu normalerweise volljährig sein. Dass Minderjährige die Einwilligung ihrer Eltern brauchten, um heiraten zu dürfen, wurde in England im Jahr 1753 einge-

führt – in Schottland dagegen nicht. Deshalb fuhren viele junge englische Paare ins erste schottische Dorf hinter der Grenze und ließen sich dort trauen. Und so wurde die alte Schmiede in Gretna Green zum wohl bekanntesten Hochzeitsort der Welt! Hier durften Jungs ab einem Alter von vierzehn Jahren und Mädchen sogar schon ab zwölf heiraten!
Ich möchte mir gar nicht vorstellen, wie es wäre, jetzt schon verheiratet zu sein. Gruselig! Doch wir reden ja hier von der Liebe, nicht von der Ehe ... Und da frage ich mich, wer einem verbieten sollte, schon als Teenie den Partner fürs Leben zu finden. Oder als Oldie.
Kann man das richtige Zeitfenster verpassen?
Wenn ich auf die Erwachsenen höre, dann ist man für alles, was Spaß macht, entweder zu jung oder zu alt. Also ist es wohl besser, nicht auf sie zu hören ...
Langer Rede kurzer Sinn:
Der richtige Moment für eine feste Beziehung ist immer dann, wenn sich zwei gefunden haben, die zusammenbleiben wollen. Ganz egal, wie alt sie sind. Davon bin ich jedenfalls überzeugt. Und was denkt ihr darüber?
Eure Jette V.

Gerade als ich den Blogbeitrag online gestellt habe, wird meine Zimmertür aufgerissen, und Levin platzt herein.

»Schon mal was von Anklopfen gehört?«, pflaume ich ihn an, während ich schnell die Seite minimiere. Eine Vorsichtsmaßnahme, die ich mir ebenso gut hätte schenken können, denn Levin interessiert sich nicht die Bohne für meinen Bildschirm.

»Sorry«, murmelt er und verwirrt mich damit schon zum zweiten Mal innerhalb weniger Sekunden. Denn erstens hat sich mein Bruderherz schon seit Jahren nicht mehr freiwillig in mein Zimmer verirrt, und zweitens hat er sich – soweit ich mich erinnern kann – überhaupt noch nie bei mir für irgendwas entschuldigt. Wird er jetzt auch wunderlich? Hat Paps ihn infiziert? Ist diese Art von Irrsinn etwa ansteckend? Wer weiß, vielleicht handelt es sich um ein Familienleiden, das eines Tages nach uns benannt wird: *die Vogelsang'sche Seuche* …

»Ich, ähm, na ja, ich wollte dich fragen, ähm, also: Du warst doch gestern bei Jill«, stammelt er los.

Aha! Wie goldig, mein feiner Herr Bruder ist echt vollkommen durch den Wind. Seine Gefühle scheinen ihn dermaßen verwirrt zu haben, dass er sich dazu herablässt, mich nach seiner Angebeteten auszufragen.

Ich stelle mich natürlich unwissend. »Klar, ich war bei ihr, das weißt du doch«, erwidere ich knapp und fange an, in aller Seelenruhe meinen Ranzen für morgen zu packen.

Levin steht da wie angewurzelt und sieht aus, als würde er krampfhaft überlegen, wie er mich unauffällig aushorchen kann. Wenn der wüsste, dass er so leicht zu durchschauen ist wie eine Klarsichtfolie …

»Und hat sie, na ja, vielleicht irgendwie was gesagt? Über mich, meine ich«, druckst er weiter herum.

Wer hat doch gleich behauptet, Männer wären das starke Geschlecht? Das kann ja wohl nur ein Witz sein!

»Lass mich kurz überlegen, welche Themen wir so hatten: unseren Geburtstag, den neuen Film mit Jennifer Aniston und … das war's auch schon. Warum?«

Okay, das ist jetzt vielleicht ein bisschen fies von mir. Aber seit Jahren behandelt mich der Badezimmerblockierer von oben herab, als wäre ich ein Baby. Da genieße ich es einfach, es ihm heimzuzahlen.

»Ich frage mich nur, was zwischen Jill und diesem Felix läuft«, wechselt er urplötzlich das Thema.

»Welchem Felix?«, frage ich ehrlich verblüfft, sodass ich ganz vergesse, cool zu bleiben.

»Ach, dieser Typ aus eurer Klassenstufe. Mit dem stand sie neulich auf dem Schulhof lange zusammen. Sie haben sich unterhalten und gelacht«, erklärt Levin todernst, so als wäre er Zeuge illegaler Machenschaften geworden.

»Oh mein Gott. Sie haben wirklich geredet? Und gelacht? Das ist ja das Letzte!«, sage ich ebenso ernst, doch natürlich merkt er sofort, dass ich mich über ihn lustig mache. Ein tödlicher Blick ist die Strafe dafür. Aber dann reißt er sich zusammen, denn schließlich will er ja was von mir und nicht umgekehrt.

»Sag schon«, bettelt Levin. »Was läuft da zwischen den beiden?«

»Gar nichts«, sage ich schulterzuckend. »Reden und lachen ist doch normal unter Klassenkameraden in der Pause.«

Levin wirkt nicht überzeugt. Da wird mir klar, dass mein Bruderherz wirklich und wahrhaftig in Jill verliebt ist – noch viel mehr, als ich bisher angenommen habe.

»Dich hat's ganz schön erwischt, was?«, frage ich, kann mir aber einen vernichtenden Kommentar nicht verkneifen: »Tja, hättest du sie letztes Jahr nicht so mies behandelt …«

Levin seufzt herzergreifend und gibt zu, dass das damals wirklich superblöd von ihm war: »Ich bereue total, wie ich mich verhalten habe. Bitte, Henry, kannst du nicht ein gutes Wort bei Jill für mich einlegen? Du hast dann auch was bei mir gut!«

Das erwartete Triumphgefühl bleibt aus. Schlagartig wird mir bewusst, dass es Levin im Augenblick kaum anders geht als mir – wir beide haben Liebeskummer, auch wenn er seinen selbst verursacht hat.

»Na gut«, sage ich und ziehe eine Grimasse. »Ich schau mal, was ich tun kann.«

07

Ziemlich beste Exfreunde

Oder: Gefühle würden alles nur komplizierter machen

VÖLLIG UNERWARTET stürmt Jill auf mich zu und fällt mir um den Hals. Ich weiß gar nicht, wie mir geschieht. Gerade habe ich mein Fahrrad vor der Schule abgestellt und dabei nichts weniger erwartet als eine Knuddelattacke. Um ein Haar wäre ich sogar ins Straucheln gekommen, doch Jills Klammergriff hält mich im Gleichgewicht.

»Alles okay mit dir?«, japse ich, als sie mich endlich wieder freigibt.

»Mehr als okay, oberokay, superduperokay!«, verkündet sie strahlend, nur um mich dann gleich wieder zu umarmen. »Ach, Henriette, ich bin einfach überglücklich. Danke, danke, danke!«

Ähm – und wofür genau? Vielleicht bin ich noch nicht ganz wach, jedenfalls stehe ich total auf dem Schlauch.

»Keine Ahnung, wovon du …«, fange ich an, aber Jill hört schon gar nicht mehr zu. Stattdessen drückt sie mir noch einen weiteren Schmatzer auf die Wange und rast wieder davon. Kopfschüttelnd schaue ich ihr hinterher. Hatte die etwa eine Überdosis Energydrinks zum Frühstück getrunken? Von Kakao wird man jedenfalls nicht dermaßen aufgedreht.

Mooooment! Auf wen läuft sie denn da mit ausgebreiteten Armen zu? Ist das nicht …? Ähm – ist heute Weltknuddeltag, oder wie? Verunsichert schaue ich mich auf dem Schulhof um. Sieht nicht so aus. Jill und der Junge, der mich von hinten verdächtig an Levin erinnert, sind die Einzigen, die sich umarmen. Und küssen. Und Händchen halten. Und sich umdrehen, um mir zuzuwinken.

Ich fasse es nicht: Dieser Typ sieht nicht nur aus wie der Badezimmerblockierer, er ist es tatsächlich. Leibhaftig. Ich glaub, jetzt brauche **ich** einen Energydrink …

Fassungslos starre ich die beiden an, als wären sie Außerirdische. Doch so langsam wird mir klar, was hier los ist. Gestern habe ich mein Versprechen wahr gemacht und Jill gegenüber am Telefon beiläufig erwähnt, dass Levin tatsächlich auf sie steht und sein Verhalten von damals total bereut. Das hat offenbar schon gereicht, um ihre Gefühle für den ehemaligen Weiberhelden voll anzufachen. Dabei hat sie doch steif und fest behauptet, was er getan hat, wäre unverzeihlich! Der Sinneswandel muss wohl über Nacht gekommen sein … Wow, das ging ja schnell!

»Wir sind wieder zusammen«, raunt mir Jill zu, als wir wenig später den Klassenraum betreten.

»Du musst nicht so geheimnisvoll tun«, erwidere ich trocken, »das war ja wohl unübersehbar. Und was meinst du mit **wieder**? Ihr wart doch nie wirklich zusammen – oder gilt ein Kinobesuch mit Abschiedskuss schon als Beziehung?«

»Hey, warum bist du so fies? Ich dachte, du freust dich für mich!«, gibt Jill zurück, und sofort schäme ich mich. Ja, warum freue ich mich nicht für sie? Die beste Freundin und der eigene Bruder, das ist doch das perfekte Paar. Eigentlich.

Aber kann das wirklich gut gehen? Schließlich hat Levin schon mehr Herzen gebrochen als der Rest der Jungs seines Jahrgangs zusammen ... Hätte ich bloß meine Klappe gehalten! Oder noch besser: über Levin und seine Oberflächlichkeit gelästert. Auf jeden Fall hätte ich die ganze Sache verhindern sollen, als dazu noch Zeit war. Jetzt ist dieser Drops definitiv gelutscht. Zumindest so lange, bis mein Bruderherz Jill mal wieder verkündet, dass er in einer anderen Phase ist oder sich entliebt hat oder einfach mehr Freiheit braucht. Und dann darf ich sie wieder trösten, genau wie letztes Mal.

Aber bis dahin wird Jill nun natürlich jede freie Minute mit **ihrem Freund** verbringen. Ich bin abgeschrieben. Na großartig! Sie wird garantiert nicht mehr besonders viel Zeit für mich haben ...

Verliebt sein heißt offenbar, ganz schön blöd und egoistisch zu sein. Vielleicht sollte ich darüber mal bloggen.

Weil unsere Sportlehrerin die Grippe hat und die beiden letzten Stunden ausfallen, bin ich schon um halb zwölf zu Hause. Ich beschließe, die Zeit bis zum Mittagessen dafür zu nutzen, Blogkommentare zu checken.

Okay, ich geb's ja zu: Blogkommentare **und** E-Mails.

Hoffentlich ist keine von Nick dabei. Denn ich schaffe es sonst bestimmt wieder nicht, stur zu bleiben. In letzter Zeit haben wir ziemlich oft gemailt, und es gelingt mir einfach nicht, mich an mein Kein-Kontakt-Motto zu halten. Es macht nun mal Spaß, sich mit ihm zu unterhalten. Schottland scheint echt toll zu sein. Und er kann total abwechslungsreich erzählen. Witzig, dass mir das jetzt erst auffällt. Als wir zusammen waren, haben wir einander höchstens mal kurze *WhatsApp*-Nachrichten geschrieben, da kam Nicks unterhaltsamer Schreibstil gar nicht zur Geltung.

Ob er mir schon wieder geschrieben hat?

Ja, hat er! Cool ...

Stimmt schon, vor wenigen Sekunden habe ich noch behauptet, dass ich das Gegenteil hoffe – und das ist theoretisch auch wirklich so. Aber praktisch freue ich mich wie Bolle über seine Nachricht. Ich versteh mich ja selbst nicht. Ich hatte mir das so klug überlegt: kein Kontakt, kein Liebeskummer. Und jetzt boykottiere ich mal wieder meinen eigenen schönen Plan, indem ich die Mail hastig öffne und lese:

Hi Henriette,
heute früh ist mir was Schräges passiert. Ich wollte mir eine Prepaid-Card fürs Handy kaufen, damit ich innerhalb von Schottland günstiger telefonieren und SMS verschicken kann. Natürlich habe ich mir vorher alle Vokabeln rausgeschrieben, die mir dazu in den Sinn kamen, und ich hab sie sogar gepaukt.

Es ist mir auch voll gut gelungen, im Laden danach zu fragen, aber statt mir einfach irgendeine Prepaid-Card in die Hand zu drücken, hat der Verkäufer angefangen, mich ausführlich zu beraten. Und das hörte sich ungefähr so an: **slkdkdlalkykjeovowekjr** – ganz ehrlich, ohne zu übertreiben! Ich habe höflich genickt und war völlig überfordert. Wie eigentlich fast immer, wenn mich jemand mit starkem schottischem Akzent anspricht, denn der ist wirklich gewöhnungsbedürftig!
Das ist echt ein Dilemma: Mich scheinen alle zu verstehen. Nur umgekehrt hapert es ganz schön ...
Slkdkdlalkykjeovowekjr, Nick

Ich muss laut lachen. Nick schafft es, ganz alltägliche Situationen so zu schildern, dass man sich beim Lesen amüsiert. Vielleicht sollte er auch Blogger werden? Aber nein, das schlage ich ihm lieber nicht vor. Dann müsste ich seine Nachrichten ja mit unzähligen anderen Lesern teilen. Die Vorstellung, dass er sie einzig und allein für mich schreibt, gefällt mir viel besser!

Ich will natürlich wissen, wie er das Problem schließlich gelöst hat, und schreibe gleich zurück:

Hi Nick,
da hätte ich ja Blut und Wasser geschwitzt! Konntest du dem plappernden Verkäufer klarmachen, dass er langsamer und deutlicher reden muss?
Grüße von Henriette

Ich schaffe es immerhin, mich weiterhin kurzzufassen. Und kein bisschen nach Exfreundin zu klingen. Oder nach Liebeskummer.

Bei diesem Stichwort schaue ich auf die Pinnwand und die Skala mit den beiden Pinns, die anzeigen, wie nah ich meinen beiden Zielen inzwischen gekommen bin.

Was das Thema **Liebe aus wissenschaftlicher Sicht** betrifft, befördere ich die rote Pinn-Nadel auf die Sechs.

Die Sache mit dem **Liebeskummer** dagegen läuft überhaupt nicht wunschgemäß. Die blaue Nadel steckt noch immer auf Level null. Seufzend verlängere ich die Skala in den Minusbereich und stecke den Pinn auf minus drei. Dabei wollte ich spätestens an meinem vierzehnten Geburtstag beide Ziele erreicht haben. Wie soll ich das schaffen, wenn die Entwicklung sogar in die verkehrte Richtung geht?

Ehrlich gesagt will ich gar nicht mehr über Nick hinwegkommen, denn mit jeder seiner lustigen und netten E-Mails wird mir klarer, dass ich ihn vermisse. Und dass ich immer noch verliebt in ihn bin. Sogar noch mehr als damals, als wir zusammen waren. Wenn er bloß dasselbe empfinden würde! Vielleicht bereut er seinen Entschluss, sich von mir zu trennen, ja längst? Aber nein, das kann nicht sein – er hat sich ja von mir getrennt, weil ich zu sehr **klammere**. Bestimmt ist er froh, dass er in Schottland seine Ruhe vor mir hat …

Als das Signal für eine neue eingehende Mail erklingt, sause ich zurück zum Schreibtisch. Natürlich vermute ich, dass Nick sofort reagiert hat. Deshalb bin ich im ersten Moment ziemlich verwirrt, als ich die Mail öffne, denn da steht:

Liebe Jette,
unsere Grafikabteilung hat ein tolles Plakat für die Buchmesse entworfen, mit dem wir dein Buch bewerben wollen. Weil das übliche Autorenfoto in deinem Fall wegfällt, stellen wir neben das Cover einfach ein paar Zitate aus dem Buch und dazu noch einige Kommentare deiner Blogleserinnen. Was hältst du davon?
Herzliche Grüße aus Hamburg,
Hanne Schneider,
Programmleiterin im ORANGE-Verlag

Ich öffne den Anhang und bin absolut begeistert. Wunderschön ist dieses Plakat geworden, ehrlich. Wie aufregend, dass es für mein Buch ein eigenes Plakat geben soll! Am liebsten würde ich Frau Schneider um ein Exemplar in Originalgröße bitten, um es in meinem Zimmer aufzuhängen, aber womöglich würde Mum dann Verdacht schöpfen …

Ich drucke den Entwurf aus, falte ihn zusammen und stecke ihn in meine Jeanstasche, um ihn Oma zu zeigen.

Blöd nur, dass Oma gerade anderweitig beschäftigt ist. Sie wirft bloß einen kurzen Blick auf meinen Ausdruck, der natürlich in Schwarz-Weiß nicht halb so toll wirkt wie in Farbe, murmelt »Oh, schön« und wendet sich dann wieder ihrem eigenen Computer zu.

Neugierig schaue ich ihr über die Schulter. Sie ist gerade dabei, einen Flug für ihre alljährliche Winterreise nach La Gomera zu buchen. Ich wünschte, sie würde hierbleiben! Ohne

Oma Lydia kommt mir der Winter irgendwie noch dunkler, kälter und länger vor. Und in diesem Jahr brauche ich sie dringender denn je! Mit wem soll ich sonst über meinen Liebeskummer reden? Und über alles andere, was wichtig ist? Zum Beispiel über das wundervolle Buchplakat. Ich muss meine Begeisterung darüber unbedingt mit jemandem teilen, sonst dreh ich durch.

Zum Glück gibt es da ja noch meine allerbeste Freundin!

Also radele ich zu Jill. Doch vor deren Haustür begegnet mir Elin, die mit einem riesigen Einkaufskorb bewaffnet ins Auto steigt.

»Hej, Henriedde!«, ruft sie fröhlich. »Ich hol uns Döner, magss du auch einen?« Ich will schon begeistert nicken, als sie hinzufügt: »Dein Bruder iss übrigenss auch da, der nimmt extra scharf und extra groß.«

»Oh, dann will ich nicht stören«, murmele ich erschrocken, schwinge mich wieder aufs Rad und fahre weg, bevor Elin reagieren kann.

Obwohl die Stadt voller Menschen ist, fühle ich mich so einsam, als wäre ich ganz allein auf der Welt. Und plötzlich überkommt mich eine unbändige Wut auf Levin, weil er mir meine beste Freundin weggenommen hat, genau wie ich es vermutet hatte ... Jill fehlt mir! Warum geht Levin nicht für ein Jahr nach Schottland oder – noch besser – ans Ende der Welt? Dann hätte Jill wenigstens wieder Zeit für mich ...

Zurück zu Hause, fasse ich einen vollkommen unüberlegten, spontanen und höchstwahrscheinlich extrem unvernünftigen

Entschluss: Ich schicke Nick die Datei mit dem Buchcover und dem Plakat, mit anderen Worten: Ich oute mich selbst als Jette V. und erkläre ihm so kurz wie möglich, wie es kam, dass ich erst Bloggerin geworden bin und nun bald Buchautorin sein werde. Bevor ich es mir anders überlegen kann, klicke ich schnell auf **Abschicken**, ohne das Ganze noch mal durchzulesen.

Ich schließe die Augen und atme tief durch.

Ja, es fühlt sich richtig an.

Dann reiße ich die Augen erschrocken wieder auf und komme urplötzlich zur Besinnung: Was hab ich nur getan?

Verzweifelt versuche ich, die Mail zurückzuholen, aber natürlich weiß ich schon vorher, dass das nicht funktioniert. Weg ist weg.

Soll ich eine Nachricht mit der Betreffzeile »Bitte Mail von eben ungeöffnet löschen« hinterherschicken? Hm, das würde ihn wohl erst recht neugierig machen.

Mir bleibt nichts weiter übrig, als seine Antwort abzuwarten.

Dabei hasse ich Warten wie die Pest!

Da fliegt meine Zimmertür auf, und Tessa stürmt herein. »Henry, du musst mir unbedingt bei den Hausaufgaben helfen!«, verkündet sie.

Wenn es eine Sache gibt, die ich noch mehr hasse, als zu warten, dann ist es, wenn mir jemand vorschreiben will, was ich tun muss. Doch Tessa kann ich einfach nicht böse sein. Sie hüpft auf meinen Schoß, umarmt mich und behauptet, niemand könne Rechnen so gut erklären wie ich – weder Mum noch Paps und schon gar nicht die Mathelehrerin.

Ich fühle mich ein bisschen geschmeichelt. Und außerdem bin ich insgeheim ganz froh über die Ablenkung, denn wer weiß, wann Nick antwortet und was er antwortet!

»Na, dann zeig mal her«, sage ich großzügig und schaue mir Tessas Heft an. Aha. Additions- und Subtraktionsaufgaben mit Zahlen bis zwanzig. Ich kann mich nicht mehr daran erinnern, dass es eine Zeit gegeben hat, in der ich so was nicht im Schlaf beherrscht habe.

»Das ist voll schwer«, beklagt sich Tessa. »Guck mal hier: dreizehn minus sechs. Kapier ich nicht.«

Ich muss ein Lachen unterdrücken. Tessa, die sonst so gewitzt ist, findet es offenbar empörend, dass sie etwas nicht sofort versteht. Und sie erwartet von mir, dass ich das Wissen in ihr stures kleines Köpfchen reinhexe. Aber wie?

»Also«, versuche ich es, »du bist sechs Jahre alt, richtig? Und ich bin dreizehn.«

Sie nickt.

»Wie viele Jahre bin ich also älter als du?«

»Na, sieben, ist doch logisch. Warum fragst du? Und wann hilfst du mir bei den Hausaufgaben?«

»Das waren die Hausaufgaben. Dreizehn minus sechs ergibt sieben. Du hast sie ganz alleine gelöst.«

Verblüfft schweigt Tessa. Dann breitet sich ein Grinsen in ihrem Gesicht aus. »Aaaaaah, alles klar. Du kannst wirklich super erklären, Henry!« Mit diesen Worten schnappt sie sich ihre Mathesachen und hüpft von meinem Schoß runter. An der Tür hält sie kurz inne und meint: »Aber bald stimmt das alles ja nicht mehr.«

»Verstehe ich nicht«, sage ich und runzele die Stirn.

»Na, dann wirst du vierzehn. Und das ändert ja die komplette Aufgabe, oder?«

»Ach, Tessa, das war doch nur ein Beispiel ...«

»Veräppelt!«, quietscht meine kleine Schwester vergnügt und zieht kichernd davon.

Als die Zimmertür ins Schloss fällt, schaue ich als Erstes nach, ob Nick inzwischen geantwortet hat. Was nicht der Fall ist. Ob er meine Nachricht überhaupt schon gelesen hat? Und falls ja: Ist ihm klar, was für ein Vertrauensbeweis dieses Geständnis ist? Vielleicht fragt er sich aber auch, warum ich ihm das Ganze überhaupt erzähle, schließlich sind wir nicht mehr zusammen. Oder er wundert sich, warum ich es ihm nicht anvertraut habe, als wir es noch waren. Möglicherweise ist sein Computer ja kaputt, oder er ist beim Fußballtraining, oder ...

Egal. Ich muss aufhören, mir den Kopf darüber zu zerbrechen.

In diesem Moment ruft Mum zum Mittagessen. Es gibt gefüllte Zucchini mit Sprossen und Körnern. Gar nicht mal so übel.

Danach schaue ich wieder in den Posteingang. Immer noch keine Nachricht von Nick. **Zum Verrücktwerden!**

Neue Kommentare auf meinen letzten Blogbeitrag sind ebenfalls nicht eingegangen. Also ist es vermutlich höchste Zeit, einen neuen zu schreiben. Aber worüber? Über die Tatsache, dass Verliebte ziemlich egoistisch sind (wie mir ja jetzt anhand von Jill und Levin vor Augen geführt wird)? Hm. Lieber nicht.

Worüber könnte ich dann bloggen?

Ein Satz, den Tessa vorhin gesagt hat, geht mir nicht mehr aus dem Kopf: *Bald wirst du vierzehn. Und das ändert ja die komplette Aufgabe*, hat sie gescherzt. Mal ernsthaft gefragt: Was ändert sich tatsächlich, wenn man vierzehn wird? Höchste Zeit, dass ich das rausfinde. Sonst bin ich **plötzlich vierzehn** und habe keine Ahnung, was das für mich bedeutet …

Echt interessant, was ich dabei so alles erfahre. Das Thema passt zwar nicht so richtig zu *Liebe für Anfänger*, aber aus aktuellem Anlass erlaube ich mir eine Ausnahme. Meine Blogleserinnen werden bestimmt staunen, wenn sie das hier lesen:

BIST DU NOCH DREIZEHN ODER SCHON JUGENDLICH?

Ganz ehrlich – bis eben war ich davon überzeugt, längst eine Jugendliche zu sein. Inzwischen weiß ich, dass ich das erst in einigen Wochen sein werde. Dann werde ich nämlich vierzehn. Nach deutschem Recht ist man nur im Alter zwischen vierzehn und achtzehn jugendlich – davor offiziell noch ein Kind, und danach gehört man zu den jungen Volljährigen.

Was bedeutet es aber konkret, als jugendlich zu gelten? Zum Beispiel, dass man religionsmündig ist und dass man bei Sorgerechtsentscheidungen vor Gericht angehört werden muss. Außerdem ist man strafmündig – wenn Jugendliche also etwas Illegales tun, können sie dafür belangt werden und werden nicht mehr als schuldunfähig betrachtet, so wie Kinder.

Nun, da ich weder vorhabe, meine Religion zu wechseln,

noch mich adoptieren zu lassen oder etwas zu klauen, ist für mich vor allem eine Sache interessant: Ab vierzehn darf man Filmveranstaltungen bis zweiundzwanzig Uhr besuchen – das heißt ohne Eltern am Abend ins Kino gehen. Gleich mal schauen, was demnächst so anläuft …

Pling macht es, als ich den Artikel hochlade. Doch das muss eine akustische Täuschung sein, denn beim Onlinestellen von Blogbeiträgen ertönt normalerweise kein Signal. Es dauert ein paar Sekunden, bis mir klar wird, dass zeitgleich eine E-Mail eingegangen sein muss.

Sie ist von Nick!

Mein Herz pocht, als ich den Absender sehe. Wie er wohl auf mein Geständnis reagiert hat?

Es gibt nur einen Weg, das herauszufinden. Ich schlucke. Dann öffne ich die Nachricht.

Du bist ja der Knaller, Henriette! Ganz ehrlich? Ich bin unheimlich stolz auf dich. Die Sache mit dem Blog finde ich ja schon megacool. Aber ein eigenes Buch – das ist einfach nur unglaublich. Du musst ja platzen vor Stolz! Und mich freut es unheimlich, dass du es mir erzählt hast (keine Sorge, ich verrate niemandem ein Sterbenswörtchen). Was mich fast noch mehr freut: dass wir jetzt wieder so was wie Freunde sind. Sind wir doch, oder?
Dein Nick

So was wie Freunde. Ja, das sind wir offenbar. Wer hat doch gleich behauptet, so etwas ginge gar nicht? Pah, Nick und ich beweisen allen Zweiflern das Gegenteil. Aus zwei Verliebten können sehr wohl einfach gute Kumpel werden.

Wir sind eben **ziemlich beste Exfreunde**.

Und überhaupt: Vielleicht ist das ja die perfekte Methode gegen Liebeskummer? Ich muss einfach versuchen, nicht mehr in Nick verliebt zu sein, sondern ihn nur als guten Kumpel zu betrachten. Das ist immer noch besser, als gar keinen Kontakt zu ihm zu haben, so wie ich es anfangs gedacht habe. Mir jedenfalls geht es richtig gut damit, wenn ich es mir recht überlege. Keine Heulanfälle mehr, keine Sehnsuchts-Attacken, keine Appetitlosigkeit, kein Drama. Hey, warum ist mir das nicht schon längst aufgefallen? Das ganze Elend hat aufgehört, als Nick und ich angefangen haben, einander zu schreiben.

Entschlossen springe ich auf und gehe hinüber zur Pinnwand, um die rote Liebeskummer-Nadel aus dem Minusbereich, wo sie in Wahrheit nie hingehört hat, zu entfernen und hoch zur Fünf zu befördern. Ach was, wieso nur zur Fünf? Mir geht's prächtig. Das ist eine glatte Sieben!

08

Schnappatmung!

Oder: Mein Buch ist da, ich dreh durch … und alle anderen auch

ES IST EIN GANZ normaler Samstag. Ich schlafe lang, lese ein bisschen und gehe nach einem späten Frühstück raus in den Hof, um mit Burkhard zu spielen. Laut Kalender ist es zwar schon Anfang Oktober, aber die Sonne fühlt sich noch richtig spätsommerlich an, und nach einer Weile gerate ich sogar ins Schwitzen. Den Paketboten, der erst bei Oma Lydia klingelt und dann – weil dort niemand aufmacht – bei uns, beachte ich nicht weiter. Paps nimmt das Paket für Oma an und stellt es in den Hausflur.

Als Oma Lydia vom Joggen zurückkommt, tritt Paps gerade in seinem nagelneuen Sportoutfit aus dem Haus. Hilfe, wie peinlich ist das denn?! Knallenge Radlerhose in Schwarz und Pink, dazu ein körpernah geschnittenes Trikot und ein aerodynamischer Helm, der so aussieht, als ginge es bei ihm um Hundertstelsekunden und olympisches Gold – nicht um ein bisschen Freizeitsport.

»Was hast du denn bei diesem *ORANGE-Verlag* bestellt, Lydia? Etwa Felsbrocken?«, ruft Paps Oma zu, während er das Paket über den Hof und die Treppe zu ihrer Wohnung hinaufschleppt.

Ich lasse das Bällchen, das ich Burki gerade zuwerfen wollte, wieder sinken und spüre, wie mein Herz einen Riesenhopser macht.

Mein Buch ist da! Ich dreh durch!

»Danke, Patrick«, strahlt Oma ihn an und improvisiert, ohne rot zu werden: »Das sind bestimmt die Lehrbücher für meine Yogagruppe.«

Als Paps die wertvolle Fracht keuchend (seine Kondition ist offensichtlich alles andere als goldmedaillenverdächtig) in ihre Wohnung wuchtet, zwinkert Oma mir verschwörerisch zu.

Ich kann es kaum abwarten, bis Paps endlich verschwunden ist, dann stürze ich mich auf das Paket und reiße es ungeduldig auf.

»Hey, nur mal langsam, immerhin ist das an mich adressiert«, zieht Oma mich auf. Denn natürlich weiß auch sie, dass es eigentlich für mich bestimmt ist.

Und dann halte ich es in der Hand. Mein Buch! *Alles, was Mädchen wissen sollten, bevor sie 13 werden. Jette V. berichtet live aus der Pubertät.* Ehrfürchtig betrachte ich es von allen Seiten.

»Kannst du mir eins signieren?«, fragt Oma, und ich habe den Verdacht, dass sie ein bisschen gerührt ist.

Ich platze fast vor Stolz, als ich mit schwarzem Kugelschreiber hineinschreibe: »Für die weltbeste Oma, der man wirklich jedes Geheimnis anvertrauen kann. Ich hab dich lieb! Deine Jette ☺«

Jetzt muss sich Oma Lydia wirklich eine kleine Träne aus den Augenwinkeln wegwischen. Und ich auch.

Aber das Gerührtsein und Heulen vergeht mir sofort wieder, als Oma mir den Scheck vom Verlag zeigt, der gestern in ihrer Post war. »Dreitausend Euro? Krass! Und das gehört alles mir? Wahnsinn …«

»Wem denn sonst? Es ist dein Buchhonorar!« Oma lächelt. »Hast du dir schon überlegt, welchen Wunsch du dir damit erfüllen möchtest?«

Ich schüttele den Kopf. Daran habe ich überhaupt noch nicht gedacht. »Momentan bin ich wunschlos glücklich«, sage ich.

Zur Feier des Tages zaubert Oma uns zwei Riesenstücke Apfelkuchen mit Sahne. Wir machen es uns auf ihrem orangefarbenen Sofa gemütlich und lassen es uns schmecken. Dabei malen wir uns aus, wie mein Buch demnächst in den Läden liegt, wie es zum Bestseller wird und wie alle Mädchen unter dreizehn es geradezu verschlingen werden. Man wird ja wohl träumen dürfen, oder?

Bevor ich mich verabschiede, schiebe ich mir zwei Buchexemplare unter das Sweatshirt. Eins für mich, eins für Jill.

Vorsichtig husche ich hinüber ins Haus. Mein Sweater ist zwar ziemlich weit, aber ich möchte doch kein Risiko eingehen und mit den Büchern ertappt werden. Auch wenn eigentlich niemand wissen kann, wer sich hinter Jette V. verbirgt – mein Gesichtsausdruck (stolzes Grinsen, gemischt mit schlechtem

Gewissen und einem Hauch von Weckt-mich-auf-das-muss-ein-Traum-sein-Gefühl) würde mich garantiert verraten.

Paps, der noch immer in seinem peinlichen Radler-Outfit steckt, ist inzwischen von seiner Fahrradtour zurück und sitzt jetzt über eine Weltkarte gebeugt im Wohnzimmer. Er murmelt irgendetwas von den »sieben Weltmeeren« vor sich hin. Wenn Mum das mitbekäme, würde sie ihm garantiert sofort das Fieberthermometer unter den Arm stecken. Oder gleich losstreiten, wer weiß … Aber zum Glück ist Mum nicht in der Nähe.

Mir kann's nur recht sein – in diesem Zustand würde es Paps wohl nicht einmal auffallen, wenn ich ein T-Shirt mit der Aufschrift *Ich bin Jette V.* anhätte und einen Stapel meiner Bücher auf dem Kopf balancieren würde.

Dazu ist er viel zu sehr mit seiner Krise beschäftigt. Kein Wunder, dass er nach all den Jahren in seinem pupsigen Amt den Koller kriegt. Neuerdings träumt er dauernd von aufregenden Abenteuern, probiert neue Sportarten aus und betreibt seltsame Hobbys. Das mit dem Sushi-Kochkurs war erst der Anfang! Letztes Wochenende hat er begonnen, zu jonglieren und Zaubertricks einzustudieren. Das hat aber nicht sonderlich gut geklappt – wir haben all seine Tricks sofort durchschaut. Wenigstens ist er nicht mehr krankgeschrieben, sondern geht wieder zur Arbeit. Ob er die Leute dort wohl auch mit seiner Zauberei nervt?

Nachdenklich gehe ich weiter in mein Zimmer, um die Bücher zu verstecken. Aus Levins Zimmer kommt Gelächter.

Aha – Jill ist also da. Irgendwie fühlt es sich seltsam an, dass sie neuerdings öfter bei uns ist als je zuvor – und dann ist sie eben Levins Besuch, nicht meiner. Irgendwie hat unsere Freundschaft einen kleinen Knacks bekommen, seit die beiden zusammen sind. Einen winzigen, fast unsichtbaren Riss zwar nur, aber er ist da – ich spüre ihn genau.

Wie gerne würde ich Jill jetzt für mich alleine haben – wenigstens eine Stunde lang. Damit ich ihr das Buch zeigen und mich mit ihr gemeinsam darüber freuen könnte.

Wahrscheinlich werde ich sie erst beim Mittagessen zu Gesicht kriegen. Und dann kann ich natürlich nicht über das Buch reden.

Ich habe ein schlechtes Gewissen, weil ich mir wünsche, Levin würde Jill wieder abservieren. Als ihre beste Freundin muss ich es ihr doch eigentlich gönnen, dass es mit Levin gerade richtig super läuft. Bin ich wirklich so egoistisch?

Nein, ich bin eine super beste Freundin. Jawohl! Und ich wünsche Jill von ganzem Herzen, dass sie glücklich wird.

Doch mit Levin wird sie das bestimmt nicht! Jedenfalls nicht auf Dauer … Er hat sich zwar vom Weiberhelden zum Frauenversteher gewandelt, aber wer weiß, für wie lange. Vielleicht macht er morgen schon wieder Schluss mit Jill. Und übermorgen bereut er es und schreibt ihr kitschige Karten. Ich hoffe, dann ist Jill so schlau, ihm nicht wieder zu verzeihen. So ein Hin und Her ist doch Quatsch, oder?

Am besten, ich frage meine Blogleserinnen!

Gesagt, getan. Zehn Minuten später geht dieser Beitrag online:

BRINGEN ON-OFF-BEZIEHUNGEN UNGLÜCK?

Bei Promis scheinen On-off-Beziehungen schwer in Mode zu sein. Aber auch bei uns Normalos kommen sie vor. Sicher kennt auch ihr solche Expaare, die es einfach nicht ohne einander aushalten. Miteinander allerdings ebenso wenig. Sie trennen sich, kommen wieder zusammen, trennen sich, kommen wieder zusammen …

Es ist ein Endlosschleifendrama. Und irgendwie auch der beste Beweis dafür, dass Verliebtsein ein bisschen was von Wahnsinn hat. Denn bei vollem Verstand kann doch keiner ernsthaft annehmen, eine Beziehung könnte im zweiten, dritten oder vierten Anlauf besser funktionieren als beim ersten Versuch.

Trotzdem probieren es manche immer wieder aufs Neue. Versteht ihr das? Ich jedenfalls nicht!

Eure Jette V.

Kaum habe ich den Beitrag veröffentlicht, knurrt mein Magen laut und vernehmlich. Der Kuchen war zwar lecker, satt gemacht hat er allerdings nicht. Ich werfe einen Blick auf die Uhr. Kein Wunder, dass ich Kohldampf schiebe – es ist Mittagszeit!

Ich gehe schon mal rüber ins Esszimmer und decke den Tisch. Da kommt auch gerade Mum aus dem Hofladen.

»Lieb von dir, Henriette«, lobt sie meinen Fleiß (dabei hab ich doch bloß Hunger) und gibt mir einen Kuss auf die Stirn. Dann schnuppert sie wie Burki und runzelt die Stirn. »Was gibt's denn Leckeres? Ich rieche gar nichts.«

»Ähm, Eva, tut mir leid, ich bin noch nicht zum Kochen

gekommen!«, ruft Paps vom Sofa aus herüber. Er klingt kein bisschen nach schlechtem Gewissen, vielmehr tatendurstig. »Wisst ihr was?«, wechselt er mit leuchtenden Augen das Thema. »Ich glaube, ich melde mich für einen Segelkurs an.«

Mum zieht die Augenbrauen so hoch, dass sie fast an ihrem Haaransatz landen. »Sehr schön. Noch schöner wäre es gewesen, wenn wir jetzt essen könnten.«

»Oh. Soll ich uns schnell was brutzeln?«, schlägt Paps unschuldig vor. »Eigentlich wollte ich erst noch duschen.«

Mum sieht aus, als würde sie gleich explodieren. Doch da kommen Jill und Levin Arm in Arm in die Küche geschlendert, und Mum schluckt ihren Ärger runter. »Ich mach uns was«, seufzt sie und holt eine Pfanne aus dem Schrank.

Es gibt Bratlinge mit Salat – die Schnellversion von Mums Gesundheitsfutter. Die Stimmung beim Mittagessen ist gedrückt, sogar Tessa verhält sich ungewöhnlich ruhig. Levin hat nur Augen für Jill, die irgendwas von wegen »lecker« murmelt und ansonsten ebenfalls schweigt. Bloß Paps redet ohne Punkt und Komma von seinem blöden Segelschein. »Auf dem Meer spürt man die große, unendliche Weite so wie nirgendwo sonst auf der Welt«, schwärmt er.

Mum schnaubt.

Nach dem Essen gehen Levin und Jill mit Burki spazieren und nehmen Tessa mit, die zu einem Kindergeburtstag gebracht werden soll. Zum Geburtstag **ihres Freundes**, wohlgemerkt. Tessa gibt sich, anders als ich bis vor einem Jahr, nicht mit heimlichen Schwärmereien ab, sondern ist **fest verlobt mit Laurenz**. Irgendwie süß, finde ich. Ein bisschen verrückt. Und eigentlich auch urkomisch.

Aber mir ist nicht zum Lachen zumute, als ich den dreien hinterherschaue. Jill und Levin, das Traumpaar. Und Tessa auf dem Weg zu ihrem kleinen Freund. Nur ich bleibe alleine zurück. Und ich habe nicht mal was Schönes vor. Dabei ist doch heute ein ganz besonderer Tag – der Tag, an dem die Bücher angekommen sind.

Den müsste man doch eigentlich feiern.

Stattdessen räume ich den Tisch ab. Mum und Paps haben sich ins Wohnzimmer verkrümelt, um sich zu **unterhalten**. Wobei sich das, was ich leider nicht überhören kann, kaum nach gepflegter Konversation anhört. Eher wieder einmal nach Stunk und dicker Luft.

»Und wann, bitte schön, willst du das mit diesem blöden Segelschein machen?«, faucht Mum.

»Irgendwie werde ich mir die Zeit schon nehmen«, meint Paps lässig. »Für wirklich wichtige Dinge ist immer Zeit.«

Jetzt ist Mum erst recht gereizt: »Das heißt, **wir** sind dir nicht wichtig? Es wäre wirklich toll, wenn du dir mehr Zeit für die Familie nehmen würdest. Vorhin zum Beispiel …«

»Du bist immer noch böse, weil ich nicht gekocht habe?«, erwidert Paps ungläubig. »Ernsthaft?«

»Absolut ernsthaft«, zischt Mum. »Ich war schließlich im Laden und habe gearbeitet – du dagegen hast heute frei.«

»Frei, du sagst es, Eva. Ich brauche mehr Freiheit. Zeit für mich. Das findet auch mein Therapeut!«

»Ich lach mich tot!«, schnappt Mum, aber sie klingt kein bisschen amüsiert. Eher so, als hätte sie ebenfalls dringend eine Therapie nötig …

Ich könnte heulen, ehrlich. Sind die denn total verrückt geworden? Ich will kein Scheidungskind werden!

Den Nachmittag verbringe ich mit einem Buch auf meinem Bett. Als ich es ausgelesen habe, checke ich, ob Kommentare zu meinem Blogbeitrag eingegangen sind. Und tatsächlich – da stehen so einige Postings. Neugierig lese ich sie:

Ich find's ziemlich dämlich, wenn man nicht loskommt von seinem Ex. Wenn man vorher schon weiß, dass es nicht gut gehen wird, warum sollte man dann wieder mit ihm zusammenkommen? Bringt doch nichts, schreibt SuperBella.

Ich kann es verstehen. Single sein ist nämlich auch nicht so toll. Man fühlt sich dann so allein. Und eine Versöhnung ist immerhin was Schönes. Zumindest in dem Moment ist man superglücklich. Ob das so bleibt, ist eine andere Frage. Aber wer ist schon immerzu glücklich?, hat Julia0201 gepostet.

Tschakka321 hat Folgendes kommentiert: **Meiner Freundin geht es genauso. Ich hab es erst nicht verstanden, inzwischen durchschaue ich allerdings den Teufelskreis, in dem sie steckt: Nachdem es aus ist, sieht sie erst mal klar – dann ist das, worüber sie sich bei ihrem Freund** ärgert, noch frisch. Je mehr Zeit vergeht, desto mehr vergisst sie es. Und irgendwann erinnert sie sich ausschließlich an das, was schön war. Danach sehnt sie sich dann zurück. Mir kommt es fast so vor, als hätte sie eine unheilbare Krankheit, die zwar manchmal ein bisschen abklingt, die sie aber nie ganz loswird.

Auch PrincessX hat sich zu Wort gemeldet: Solange man einen Ex an der Backe hat, lernt man keinen neuen Jungen kennen, der besser zu einem passt. Doppelt blöd.

Und Honeybee99 fragt: Kommt es mir nur so vor, oder schreibst du aus einem ganz bestimmten Grund darüber, Jette V.? Hast du nicht neulich erst über Freundschaft mit dem Ex gebloggt? Und jetzt denkst du über On-off-Beziehungen nach ... Ich glaube, du bist selbst kurz davor, in diese Falle zu tappen. Stimmt's?

Ähm – das ist jetzt aber total falsch angekommen. Es geht doch um Jill und Levin, nicht um Nick und mich. Überhaupt kein bisschen um Nick und mich!!!

09

Plötzlich 14

Oder: Kuschelbärchen genannt zu werden ist das Grauen!

UND DANN IST er auf einmal da, unser Geburtstag.

Die letzten Wochen sind nur so dahingerast. In der Schule haben wir allerhand Klassenarbeiten geschrieben. Vor lauter Lernen bin ich kaum zum Bloggen gekommen, aber einen Beitrag pro Woche habe ich trotzdem geschafft. Fast hätte ich darüber vergessen, dass ja noch eine Party zu planen war. Jill, die mich normalerweise jeden Tag daran erinnert hätte, war natürlich auch abgelenkt – von Levin.

Letzte Woche ist uns dann gerade noch rechtzeitig eingefallen, was für ein wichtiges Datum immer näher rückt, und wir haben in aller Eile eine Gästeliste geschrieben.

»Du hättest ja mal früher damit anfangen können«, hat Jill gemosert.

»Pah, und was ist mit dir? Wir haben schließlich beide Geburtstag«, habe ich empört geantwortet.

»Ja, aber der kommt jetzt irgendwie sehr … plötzlich.«

Fast hätten wir uns so richtig in die Wolle gekriegt. Doch dann kam Oma Lydia dazu und hat uns die Köpfe gewaschen. Und wir mussten zugeben, dass wir beide völlig überreagiert haben. Alles nur aus lauter Panik, dass wir in so kurzer Zeit keine vernünftige Feier mehr auf die Beine stellen könnten.

»Wir haben ja nicht mal ein Motto!«, mussten wir zugeben.

Oma hat sich im Schneidersitz zu uns auf den Boden gesetzt, den Kopf schief gelegt und nur gemeint: »Wozu ein Motto? Als ob Spaß haben nicht Motto genug wäre. Wie wäre es, wenn ihr bei mir in der Wohnung feiert? Ich hätte da auch ein paar gute Rezepte für ein Büfett, das nicht allzu viel Arbeit macht.«

Das war natürlich die Idee des Jahrhunderts!

»Du bist die Beste!«, habe ich gejubelt, und Jill war in diesem Fall absolut meiner Meinung.

Einen Großteil der Vorbereitungen haben wir gestern schon getroffen. Heute müssen wir nur noch aufbauen, dekorieren und ein paar Salate fertig machen. Nicht zu vergessen die Cupcakes! Natürlich mit Oma Lydias Hilfe.

Tatendurstig schwinge ich meine Beine aus dem Bett. Das fühlt sich zwar kein bisschen anders an als gestern, aber trotzdem denke ich die ganze Zeit: Ich bin vierzehn. Ich bin tatsächlich vierzehn! Ist es nicht irre cool, Geburtstag zu haben und endlich auch offiziell eine Jugendliche zu sein?

Noch vor dem Duschen rufe ich Jill an und gratuliere ihr. Sie wünscht mir natürlich ebenfalls alles Gute und sagt, dass sie in einer Stunde vorbeikommt, um mir beim Dekorieren zu helfen. Dann muss sie auf einmal auflegen, weil ein zweiter Anruf eingeht und sie hört, wie es anklopft.

»Bestimmt ist das Levin«, vermutet sie und klingt dabei, als würde sie gerade ein Körbchen voller zuckersüßer Welpen betrachten. Immer wenn sie von Levin redet, fängt sie an zu säuseln. **Grauenhaft!**

Mit dem Duschen muss ich noch warten, denn der Badezimmerblockierer macht seinem Spitznamen alle Ehre. Ich höre Gemurmel, übertönt vom Brummen des Föhns. Telefoniert der etwa mit Jill, während er sich die Haare stylt? **Tssss.**

Als es an der Haustür klingelt, sprinte ich direkt hin. Der Briefträger hat ein Päckchen für mich. Aus Schottland!

Ich schließe mich damit in meinem Zimmer ein, um es völlig ungestört öffnen zu können. Nick hat mir original schottische Ingwerkekse geschickt (ist das nicht megasüß?!) und eine superwitzige Geburtstagskarte dazugelegt, die einen Dudelsackspieler im Schottenrock zeigt. Darüber steht, in Anspielung auf den schottischen Akzent: »Happy Bir-r-r-r-thday!« Ich muss laut lachen. Mein Geburtstag fängt ja wirklich gut an …

Schade, dass Nick nicht zu unserer Party kommen kann. Andererseits verstehen wir uns auf die Distanz irgendwie noch viel besser als je zuvor. Oder liegt es an dem Kumpelstatus, den wir jetzt haben? »Das ist viel unkomplizierter und lockerer als in einer Beziehung«, habe ich Jill neulich vorgeschwärmt. Aber sie hat nur die Nase gerümpft und behauptet, ich würde mir selbst was vormachen.

Pah! Ich und mir was vormachen?

Wobei – neulich nachts hatte ich einen Traum, in dem Nick mich geküsst hat, und als ich wach wurde, war ich unsagbar traurig darüber, dass das in Wahrheit wohl nie wieder geschehen wird. Kumpel knutschen nun mal nicht miteinander. **Leider …**

Tja, die Sache mit dem Kuss-Traum war eindeutig ein Rückschlag in Sachen Liebeskummerüberwindung. Und wenn ich ehrlich bin, hatte ich eben ganz schön heftiges Herzklopfen, als ich Nicks Päckchen in Händen hielt. Gar nicht so, als wären wir einfach nur Freunde. Sondern vielmehr so, als wäre ich immer noch in ihn verliebt. Was wohl, bei Licht betrachtet, nichts anderes bedeuten kann, als dass ich es wirklich noch bin. Dabei habe ich doch so sehr versucht, Nick nur als ganz normalen Freund zu betrachten.

Seufzend gehe ich hinüber zu meiner Pinnwand, an der ich markiert habe, wie nahe ich meinen Zielen inzwischen gekommen bin.

Das Thema **Liebe aus wissenschaftlicher Sicht** wird so langsam zu einem echten Fachgebiet von mir. Der dazugehörige Pinn steckt inzwischen auf Höhe der Acht. Das ist zwar noch keine glatte Zehn, die ich bis heute ja eigentlich erreichen wollte, aber ziemlich dicht dran!

Was allerdings das Thema **Liebeskummer überwinden** betrifft, ist mein Status ein ewiges Hin und Her. Mal bin ich ganz happy mit der neu entstandenen Freundschaft zwischen Nick und mir und genieße unseren Mailwechsel – aber immer öfter erwische ich mich selbst bei Tagträumen von Nicks großen, bernsteinfarbenen Augen, seinem coolen Lächeln und seinem ganz besonderen Blick, der bei mir die gleiche Wirkung hat wie ein **Brackium-Emendo-Zauber** bei Harry Potter: Er verwandelt meine Knochen in Gummi!

Okay. Ich geb's ja schon zu – ich habe meine Gefühle für Nick einfach nicht im Griff. Deshalb muss ich meinen Liebeskummer-Status auf der Pinnwand wohl oder übel nach unten korrigieren. Auf die Fünf? Nein, wohl eher die Vier. Ach, warum ist das Leben bloß so kompliziert? Am besten wäre es wohl gewesen, meinem ursprünglichen Plan treu zu bleiben und keinen Kontakt mit Nick zu haben. Aber dazu ist es jetzt zu spät. Außerdem macht es mir einen Riesenspaß, ihm zu mailen … Ich fürchte nur, dass ich meine Gefühle für Nick nicht auf Dauer geheim halten kann. Er wird mich früher oder später durchschauen und wieder auf Abstand gehen, weil er mich nur als Kumpelfreundin mag, nicht als Klammerfreundin … Aber daran will ich heute lieber nicht denken. Ich muss einfach versuchen, es ihm nicht zu zeigen.

Nebenan wird die Badezimmertür aufgerissen und fällt kurz danach krachend ins Schloss. Eine Sekunde später knallt auch Levins Zimmertür zu. Jetzt aber schnell unter die Dusche! Doch als ich durch den Flur husche, werde ich leider Zeugin eines unschönen Gesprächs, das mich innehalten lässt. Mum und Paps zanken mal wieder. Sie sind in der Küche und streiten – über mich.

»**Du** wolltest doch Henriettes Geschenk besorgen, Eva. Ich könnte schwören, dass du das versprochen hast!«

»**Iiiich?** Wer kommt denn auf dem Weg zur Arbeit ständig dort vorbei? Das bist ja wohl du. Wenn man sich **ein Mal** auf dich verlässt, ist man verloren, Patrick, ehrlich.«

»Spinnst du? Ich bin die Zuverlässigkeit in Person.«

»Pah, das ist ja lachhaft.«

Na großartig. Jetzt kriegen sie sich schon wegen meines Geschenks in die Haare. Waren das noch goldene Zeiten, als Paps bloß ein Langweiler war und nicht tausend seltsame Einfälle hatte und Mum noch Miss Familienrat. Jetzt ist alles viel schlimmer, und irgendwie habe ich das Gefühl, dass es nie wieder besser wird.

Ich bin traurig. Aber auch sauer. Warum müssen Mum und Paps mir mit ihrem blöden Ehekrach den Geburtstag verderben? Die gute Laune von vorhin ist jedenfalls verflogen …

Als ich plötzlich vor ihnen stehe, ungewaschen, genervt, mit abstehenden Haaren und wildem Blick, sehen meine Eltern schlagartig aus wie zwei Grundschüler, die man beim Schummeln erwischt hat.

»Ich pfeif auf euer blödes Geschenk«, fahre ich sie an. Dann kommen mir die Tränen. »Ihr versaut mir mein Leben!«, bricht es aus mir heraus. »Lasst euch doch scheiden, wenn ihr euch nicht mehr leiden könnt …«

Blind vor Tränen laufe ich davon, raus aus dem Haus, hinüber zu Oma Lydia.

»Alles Gute, Geburtstagskind!«, ruft sie, als sie mich sieht. »Aber Henriettchen, du bist ja noch im Schlafanzug! Was ist denn los?« Dann entdeckt sie meine Tränen, und ich sinke in ihre Arme, um mich an ihrer Schulter auszuheulen.

Eine Tasse heiße Schokolade mit Sahne und viele tröstende Worte später wird mein Schluchzen endlich leiser.

»In jeder Ehe gibt es manchmal Krisen. Das muss nicht heißen, dass eine Trennung bevorsteht«, erklärt Oma Lydia. »Und je unterschiedlicher das Paar ist, desto lauter kracht es dann eben. Schau dir deine Eltern doch an: Verschiedener könnten sie kaum sein. Kein Wunder, dass es ab und zu ordentlich zur Sache geht. Aber Gewitter reinigen bekanntlich die Luft.«

Darüber muss ich erst mal in Ruhe nachdenken. Will Oma mich bloß beruhigen? Oder ist wirklich alles so harmlos?

Okay, Paps schlittert gerade in eine *Midlife-Crisis*, so viel ist mir inzwischen klar. Besser gesagt, er steckt mittendrin. Anscheinend ist er total unzufrieden mit seinem Leben und seinem schnarchigen Job. Neuerdings faselt er sogar etwas von Selbstverwirklichung und Auswandern und anderen verrückten Ideen.

Ich erzähle Oma davon, und die prustet los. »Dafür hat meine Tochter bestimmt nicht sonderlich viel Verständnis.«

Nein, hat sie nicht. Mum mag ja vieles sein: Bioladenbesitzerin, Latzhosenträgerin, Grammatikverbesserin, Familienratsverfechterin, Gesundheitskostfanatikerin. Aber eins ist sie sicher nicht: eine Traumtänzerin. Bevor sie von Weltumseglungen oder vom Auswandern reden würde, müsste es schon im August schneien oder das Wasser die Spree aufwärtsfließen.

Plötzlich springt Oma auf. »Jetzt hätte ich fast vergessen, dir dein Geburtstagsgeschenk zu geben!«

Neugierig betrachte ich das kleine, dunkelblaue und mit

einer großen, roten Schleife verzierte Päckchen, das sie mir überreicht.

»Nun pack schon aus«, feuert sie mich an. Wahrscheinlich ist Oma Lydia gespannter auf meine Reaktion als ich darauf, was sie mir schenkt. Damit facht sie meine Neugier allerdings kräftig an, und ich löse schnell die Schleife.

»Ooooh!«, mache ich, als ich sehe, was darin ist. Ein wunderschöner silberner Ring mit einem eingravierten Muster und einem kleinen hellblauen Stein. **Ich bin total geflasht!**

»Den habe ich selbst von meiner Großmutter bekommen, als ich vierzehn wurde«, erklärt Oma Lydia, und das wirft mich erst recht um.

»Wahnsinn! Der ist doch viel zu wertvoll für mich«, hauche ich ergriffen.

»Ach was«, lacht Oma und winkt ab. »Mir passt der Ring eh schon lange nicht mehr. Probier ihn mal an.«

Er sitzt wie angegossen. Ich bin begeistert!

»*Hej, hej*, jemand ssu Hausse?«, kommt es von draußen. Ich stürme zur Tür und öffne sie. Elin strahlt mich an und ruft: »*Grattis på födelsedagen*«, was – wie ich schon von den vergangenen dreizehn Geburtstagen weiß – Schwedisch ist und »Herzlichen Glückwunsch zum Geburtstag« bedeutet. Sie stellt den Limokasten, den sie dabeihat, in die Küche, dann umarmt sie mich und wirbelt mich herum.

Jill trägt einen Pappkarton voller Dekokram herein, den sie ebenfalls mitten im Zimmer abstellt. Aber statt mich zu umarmen, stemmt sie die Hände in die Hüften und lacht laut los.

Erst kapiere ich nicht, was los ist. Dann schaue ich an mir herunter, und mir wird klar, dass ich immer noch im Schlafanzug bin, während Jill einen schicken Rock anhat und die neuen Stiefel trägt, die sie sich so sehr gewünscht und nun tatsächlich geschenkt bekommen hat. Was für ein Kontrast zu meinem Gammel-Outfit!

Ich pruste nun ebenfalls los, und wir fallen uns um den Hals, um einander noch einmal ganz überschwänglich zu gratulieren. Von einem Knacks in der Freundschaft ist zumindest heute nicht das Geringste zu spüren. Stolz zeige ich Jill meinen neuen Ring.

»Hammer!«, lautet ihr Urteil.

Dann schleppen Jill und Elin den Rest ihrer Einkäufe hinauf in Omas Wohnung, während ich schnell rübergehe, um mich endlich zu duschen und anzuziehen.

Als ich zurückkomme, haben Jill und Oma bereits angefangen, die Wohnung zu dekorieren. Überall hängen Lampions und Luftschlangen. Sieht ziemlich klasse aus! Als Nächstes bauen wir aus einem Tapetentisch eine Art Bar auf, dann wählen wir die Musik für nachher aus, machen Nudelsalat und Cupcakes und fahren anschließend mit Oma zum Metzger, um die bestellten Würstchen und Brötchen abzuholen.

Als wir zurück sind, kommen Mum und Paps rüber, um Jill zu gratulieren. Auch mich umarmen sie fest und flüstern mir ihre Entschuldigungen ins Ohr. Die beiden scheinen sich dafür zu schämen, wie sie sich vorhin aufgeführt haben.

»Ist schon vergessen«, sage ich und bin erleichtert, meine Eltern wieder so einig zu erleben.

»Keine Sorge, wir denken nicht mal dran, uns zu trennen«, versichert mir Mum, und Paps überreicht mir mein Geschenk: Es ist ein Smartphone! Wow, damit hätte ich ja im Leben nicht gerechnet … Ich freue mich riesig darüber. Jetzt kann ich unterwegs spontan im Internet recherchieren, auch ohne Laptop. Sehr cool!

Endlich ist es so weit, und die Gäste kommen. Unsere halbe Klasse drängt sich in Omas Wohnung: Olivia, Mia, Sophie, Jana, Anne, Aaron, Felix, Ruben, Max, Jacob … Und natürlich ist auch Levin dabei, der Jill nicht von der Seite weicht. Die beiden sind wie siamesische Zwillinge. Im Vorbeigehen höre ich, wie mein Bruderherz **Kuschelbärchen** zu Jill sagt, und verschlucke mich fast an meinem Eistee vor Lachen. Wie peinlich ist das denn?! Kuschelbärchen, also ehrlich …

Verliebte benehmen sich wirklich unglaublich lächerlich, das wird mir an diesem Abend klar. Mia und Ruben, die seit Neuestem zusammen sind, nennen einander übrigens **Mausezähnchen** und **Hasenknuddelchen**.

Fremdschäm-Alarm!

Darüber muss ich unbedingt bloggen, nehme ich mir vor, und belausche unauffällig die anderen anwesenden Pärchen. Echt irre, was für grauenhafte Kosenamen ich im Laufe des Abends zu hören kriege. Ich verziehe mich kurz in eine Ecke und probiere mein neues Smartphone aus, indem ich recherchiere, welche Kosenamen es sonst noch so gibt. Am verrücktesten finde ich Schnuckipupsi, Honigschnutchen, Stinkimoppel, Sandmännchen, Igelschnäuzchen, Brummbienchen,

Sandwürmchen und Zuckerlöckchen. Mal ganz ehrlich: Wer denkt sich denn so einen Schrott aus? Ich könnte echt nicht entscheiden, welcher dieser Kosenamen am albernsten ist. Am besten, ich lasse demnächst meine Blogleserinnen darüber abstimmen, denke ich und grinse vor mich hin.

»Was ist so lustig?«

Ich fahre herum. Wer hat mich dabei ertappt, wie ich mich über die Kosenamenpeinlichkeiten amüsiere?

Es ist Gabriel. Wer hat den denn eingeladen? Bestimmt Jill. Genauer gesagt: Levin in seiner Funktion als Jills *Boyfriend*. Gabriel ist zwar nicht der einzige Gast aus dem Jahrgang meines Bruders, der sich hier eingefunden hat, aber ich bin zu gut gelaunt, um mich darüber aufzuregen.

Außerdem bin ich gar nicht so unerfreut, den **göttlichen Gabriel** zu sehen. Letztes Jahr war ich eine Zeit lang unsterblich in ihn verknallt. Ich fand ihn so unglaublich cool mit seinen dunkelblonden Locken, die manchmal in der Sonne rötlich schimmern, und seinem lässigen Surfer-Style. Natürlich hat er mich damals nur als kleine Schwester von Levin registriert, nicht als potenzielle Freundin. Zuerst war ich furchtbar enttäuscht. Doch dann habe ich Nick kennengelernt, und von dem Moment an war Gabriel ohnehin vergessen. Jetzt bin ich ein Jahr älter, und offenbar nimmt Gabriel mich nun ganz anders wahr, zumindest schaut er mich anders an als damals …

Und ich bin wieder Single. Nick ist nur **ein Freund** – jedenfalls sollte das so sein. Je eher ich mich wieder neu verliebe, desto schneller werden die Gefühle, die ich noch für ihn habe, verschwinden. Hey, wäre es nicht einfach ideal, wenn ich mit dem göttlichen Gabriel zusammenkäme, um Nick zu vergessen?

Ich strahle ihn an und sage: »Ach, ich bin einfach nur froh, dass ihr alle da seid.«

»Cool«, antwortet er. »Hast du Lust zu tanzen?«

»Klar«, sage ich. »Supergern!«

Es ist ganz schön spät geworden. Jetzt liege ich im Bett und bin hundemüde, aber einschlafen kann ich trotzdem nicht. Die Ereignisse des heutigen (oder genauer gesagt: des gestrigen) Tages schwirren durch meinen Kopf wie ein wild gewordener Bienenschwarm.

Erst das Päckchen von Nick und die Erkenntnis, dass ich meine Gefühle für ihn wohl doch nicht überwunden habe – obwohl ich so sehr versucht habe, ihn nur noch als Kumpel zu betrachten. Tja.

Dann der blöde Streit meiner durchgeknallten Eltern wegen meines Geschenks. Mann, war ich da sauer! Aber Oma konnte mich ja zum Glück trösten.

Und meine Geschenke sind einfach toll! Das Smartphone, der wunderschöne Ring … Ein bisschen genervt hat mich, dass Jill und Levin ein gemeinsames Geschenk für mich hatten. Andererseits habe ich mich riesig über die Tickets für den *Science Slam* gefreut: Diese Wissenschaftscomedy finde ich so was von genial! Wenn es so etwas noch nicht gäbe, hätte man es glatt erfinden müssen …

Meine Gedanken kreisen weiter und landen bei den grauenhaften Kosenamen, die ich während der Party aufgeschnappt habe. Ich muss kichern. Wenn ich jemals wieder einen Freund habe, werde ich ihn definitiv nicht Pupsimausi oder Kuschelbärchen nennen, das schwöre ich!

Wer das wohl sein wird – mein nächster Freund? Vielleicht wirklich der göttliche Gabriel? Er steht übrigens auch auf *Science Slams* und hat vorgeschlagen, vielleicht mal zusammen zu so einem Event zu gehen. Oder zum Schlittschuhlaufen, wenn die Eisbahn demnächst eröffnet. Gilt das schon als Date?

10

Schluss mit lustig

Oder: Nie wieder vertraue ich Jill etwas an!

HEUTE HAT JILL ausnahmsweise mal Zeit für mich. Allerdings nur, weil Levin an einem Referat arbeitet – das er morgen schon halten muss. Typisch mein Bruder, alles macht er auf den letzten Drücker. Aber mir kann es ja nur recht sein, denn ich freue mich auf einen ungestörten Chill-Nachmittag mit meiner besten Freundin!

»*Hej*, Henriedde, schön, dass du da biss«, begrüßt mich Elin an der Wohnungstür und lässt mich eintreten. »Ich muss dir gansss hersslich gratulieren. Alles Gute und viel Erfolg!«, fügt sie hinzu.

Ich bin einigermaßen verwirrt. »Du hast mir doch längst zum Geburtstag gratuliert«, sage ich. »Danke auch noch mal für das Buch über Astrid Lindgren, das ist echt toll.«

»Dasss mein ich doch nicht«, lacht Elin. »Ich rede von **deinem** Buch. Jill hat's mir gezeigt. Du bisss alsso Jette V. – das ist ja ssso cool!«

Ich bin sprachlos.

Jill hat mein Geheimnis ausgeplaudert!

Das darf ja wohl nicht wahr sein.

»Jedenfallsss wünsch ich dir gute Verkaufssszahlen«, meint Elin, die von meinem Schockzustand nichts zu bemerken scheint und zurück in ihr Arbeitszimmer schlendert.

Ich stehe einen Moment wie gelähmt in der Diele herum, dann spüre ich eine unbändige Wut in mir aufsteigen, und ich stürme in Jills Zimmer.

»Hallo, Henriette«, sagt sie, »ich dachte, wir schauen vielleicht einen Film …«

Doch ich lasse sie gar nicht erst ausreden. Nach einem Film steht mir ohnehin nicht der Sinn – es sei denn, es handelt sich um einen Actionfilm rund um **Verrat und Rache**.

»Sag mal, hast du sie nicht mehr alle?«, blaffe ich sie an.

»Welche Laus ist dir denn über die Leber gelaufen?«, entgegnet Jill trocken und wirft sich lässig die blonde, lange Mähne über die Schultern. Offenbar ist sie sich gar keiner Schuld bewusst.

»Du hast unsere Freundschaft zerstört!«, werfe ich ihr wütend vor.

»Einspruch, Euer Ehren«, sagt Jill, die das alles offenbar für ein Spiel hält, bei dem sie die Rolle der Strafverteidigerin übernimmt. Vermutlich ist Anwältin gerade ihr aktueller Traumberuf – es ist unmöglich, mit Jills ständig wechselnden Karriereplänen Schritt zu halten.

»Deinen Einspruch kannst du dir an den Hut stecken«, fauche ich. »Du hast das Schlimmste getan, was du nur machen konntest. Und du brauchst es gar nicht erst zu leugnen, ich weiß es von Elin selbst. Du hast mein Geheimnis ausgeplaudert, du elende Verräterin!«

»Da muss ich mildernde Umstände geltend machen«, versucht Jill sich in ihrer albernen Juristensprache herauszureden. Wenigstens hat sie jetzt geschnallt, worum es geht. »Mama ist cool, die sagt garantiert nichts weiter.«

»Das hab ich von dir auch geglaubt«, presse ich hervor. »Weißt du was? Ich werde dir nie wieder etwas anvertrauen. Du bist keine echte Freundin.«

Jill wird auf einmal ganz blass. Ob vor Schreck oder weil sie ein schlechtes Gewissen hat, weiß ich nicht. **Ist mir auch egal.**

»Mensch, Henry, wir sind doch unzertrennlich!«, ruft sie.

»So? Sind wir das? Heute hast du doch eh nur deshalb Zeit für mich, weil mein blöder Bruder was anderes vorhat. Und weißt du was? Ich hab keinen Bock mehr, bloß sein Ersatz zu sein.« Das hat jetzt zwar mit Jills Verrat nichts zu tun, aber nachdem ich einmal angefangen habe, meinem Herzen Luft zu machen, kann ich mich nicht mehr bremsen. Alles, was sich in den letzten Wochen in mir angestaut hat, sprudelt auf einmal aus mir heraus.

»Na ja, als du mit Nick zusammen warst …«, legt Jill jetzt los, doch dann unterbricht sie sich selbst. »Du hast ja recht. Sorry, ich hätte Mama nichts von deinem Buch sagen dürfen. Aber wir erzählen uns alles, sie hält bestimmt dicht!«

»Ganz genau – das hättest du nicht tun dürfen. Dein blödes **Sorry** reicht mir nicht. Ich glaube, ich kann dir das niemals verzeihen.«

Jill ist wie erstarrt. Sie bringt kein Wort hervor, als ich mich auf dem Absatz umdrehe und wütend hinausstapfe …

Es ist ein Wunder, dass ich auf dem Heimweg keinen Unfall baue, denn ich radele quasi blind durch die Gegend. Mal wieder vor Tränen. Kaum zu fassen, was für eine Heulsuse in letzter Zeit aus mir geworden ist! Andere weinen, weil sie traurig sind – oder aus Trotz, weil sie ihren Willen nicht durchsetzen können. Bei mir kullern die Tränen meistens vor Enttäuschung oder aus Wut – oder einer Mischung daraus.

Verdammt, wie konnte Jill nur? Ich will nichts mehr von ihr wissen. Lieber habe ich gar keine beste Freundin als eine, die mich hintergeht.

»Henriette, warum bist du nur so stur? Jill hat sich doch bei dir entschuldigt«, sagt der Badezimmerblockierer nun schon zum dritten Mal.

Ich hätte es mir ja denken können, dass sie ihn sofort anruft. Er wusste schon über unseren Streit Bescheid, als ich daheim eintrudelte. Kaum hatte ich meine Zimmertür hinter mir zugemacht, klopfte er auch schon an und trat ein, ohne auf ein »Herein« zu warten, um auf mich einzureden wie auf ein trotziges Kleinkind, das einfach nicht gehorchen will.

Zuerst habe ich befürchtet, Jill hätte auch ihm von dem Buch erzählt. Aber er scheint tatsächlich nicht zu wissen, worüber wir uns gezofft haben. Innerlich atme ich auf, als mir das klar wird. Doch natürlich gebe ich keinen Millimeter nach.

»Das geht nur Jill und mich etwas an«, verkünde ich und tue dann so, als würde ich mich in mein Buch vertiefen.

»Du hältst es falsch herum«, informiert mich Levin, und leider hat er recht. **Mist!**

»Das ist Gehirntraining. Auf dem Kopf lesen macht schlau«, behaupte ich und starre so lange auf die Seiten, bis mein Bruderherz abzischt.

Es gibt Gemüsesuppe zum Abendessen. Ich löffele sie schweigend. Niemand beachtet mich. Die anderen haben mit ihren eigenen Problemen zu tun. Paps zum Beispiel jammert wieder herum, dass sein Leben so eintönig ist.

»Ich glaube, nächsten Sommer überquere ich mit dem Fahrrad die Alpen«, gibt er bekannt und erwartet offenbar Applaus von uns für seine Abenteuerlust.

Mit dem Rad über das höchste Gebirge Europas? Ich fürchte, Paps hat völlig den Verstand verloren.

Mum scheint einen ähnlichen Verdacht zu haben. Sie kommentiert Paps' wahnsinnigen Plan nicht. Stattdessen funkelt sie ihn nur an. Zwischen den beiden herrscht eindeutig mal wieder dicke Luft.

»Levin ist voll fies«, beklagt sich Tessa und lenkt damit die allgemeine Aufmerksamkeit schlagartig auf einen anderen Konflikt.

»Ich bin nicht dein Babysitter«, schimpft Levin drauflos. »Jill und ich wollen morgen ins Kino gehen, da hab ich keine Zeit, mir dein Bambini-Fußballspiel anzuschauen.«

»Du bist ein blöder Bruder.«

»Tessa! Was ist denn das für ein Ton?«, tadelt Mum.

Ich kann es kaum erwarten, dass diese Mahlzeit endlich zu

Ende ist. Irgendwie ist gerade jeder auf jeden sauer. Was sind wir bloß für eine durchgeknallte Familie?

Dann sind die Teller leer, und wir dürfen aufstehen.

Froh, endlich wieder in meinem Zimmer verschwinden zu können, beschließe ich, etwas für meine Laune zu tun: Ich gehe online und schaue mir die neuesten Rezensionen zu meinem Buch an. Nur eine Vier-Sterne-Bewertung ist dabei, von allen anderen Lesern habe ich fünf Sterne bekommen. Sehr cool!

Eine Rezension gefällt mir besonders gut. Darin wird mein Buch über den grünen Klee gelobt – es sei ein »längst überfälliges Werk«, heißt es da, »entwaffnend authentisch und nicht nur für Jugendliche erhellend, sondern auch für deren Eltern«. Ich strahle bis über beide Ohren, als ich das lese. *Alles, was Mädchen wissen sollten, bevor sie 13 werden* scheint richtig gut anzukommen. An diesen Erfolg denke ich viel lieber als an den Ärger mit Jill und die Debatte meiner durchgeknallten Familienmitglieder.

Dann checke ich noch meine Mails. Es ist eine neue Nachricht von Nick dabei. Sofort fängt mein Puls an zu rasen. Ich muss zugeben, dass ich es bisher nicht geschafft habe, mich in den göttlichen Gabriel zu verlieben. Nach wie vor habe ich nur Nick im Kopf. Ich wünschte, er hätte nicht diese krasse Wirkung auf mich. Es ist einfach doof, wenn man einseitig verliebt ist – und sich nicht outen darf, weil der andere dann womöglich gar nichts mehr mit einem zu tun haben will. Eine zerstörte Freundschaft pro Tag genügt mir voll und ganz …

Mal sehen, was Nick wieder Lustiges zu erzählen hat.

Hello Henriette,
ciamara a tha thu? Keine Sorge, wenn du nur Bahnhof verstehst – das ist Gälisch und heißt nichts anderes als Wie geht es dir?. Ich hoffe, gut. Mir jedenfalls geht es bestens. Ich mache unheimlich viel Sport und fühle mich von Tag zu Tag fitter. Wir haben dreimal pro Woche Fußballtraining und am Wochenende ein Spiel. Vor der Schule gehe ich jetzt außerdem joggen. Das war eine richtig gute Idee von Amy. Sie ist in meiner Klasse und läuft sogar Halbmarathon. Cool, oder?
Dein Nick

Ich lese wohl nicht recht! Nick geht mit einem Mädchen joggen, und ich soll das auch noch gut finden? Oh nein, das ist alles andere als cool! Krampfhaft suche ich nach einer Antwort, die lässig wirkt und nicht nach Eifersucht klingt. Aber mir fällt leider keine ein.

Stattdessen öffne ich Nicks *Facebook*-Profil und checke seine Kontakte. Ha, da ist sie auch schon, diese Amy. Blonde Engelslocken, süße Grübchen, wenn sie lächelt, perlweiße Zähne, ein durchtrainierter Body, ihrem Bikinifoto nach zu urteilen … Ist sie in einer Beziehung? Dazu gibt es keinen Eintrag. Bei Nick allerdings auch nicht. Vielleicht wollen sie es nur nicht öffentlich machen? Alle sollen denken, sie wären bloß Laufpartner, und in Wahrheit hat sie ihn sich längst geschnappt …

Mürrisch schließe ich *Facebook* wieder. Es war dumm von

mir, dort überhaupt Nachforschungen anzustellen. War doch klar, dass mir das nicht guttut. Jetzt ist meine Laune, die heute offenbar Achterbahn fährt, wieder völlig am Boden. Eifersucht ist echt ein übler Stimmungskiller!

Ich starre aus dem Fenster hinaus in die Dunkelheit. Es regnet und stürmt – passend zu meinem Gemütszustand. Ich bin sauer auf die ganze Welt: auf Jill, auf Levin, auf den göttlichen Gabriel (der sich einfach nicht zum Verlieben eignet), auf Nick, auf diese blöde Amy … aber vor allen Dingen auf mich selbst.

Warum ist es mir nicht gelungen, über Nick hinwegzukommen? Ihm scheint es ja superleicht zu fallen, seine Gefühle für mich zu vergessen. Ich dagegen lasse zu, dass mich die simple Nachricht, dass er mit einer Klassenkameradin joggen geht, völlig runterzieht. Warum gibt es so was wie Eifersucht überhaupt?

Endlich weiß ich, wie ich mit dieser Situation am besten umgehe. Nämlich so, wie es eine Wissenschaftsjournalistin eben tut: indem ich darüber schreibe! Natürlich nicht, ohne vorher gründlich zu recherchieren. Deshalb dauert es eine ganze Weile, bis dieser Beitrag online geht:

EIFERSUCHT – LIEBESBEWEIS ODER KRANKHEIT?

Das Wort verrät es schon fast: Es handelt sich um eine Sucht, also um etwas Krankhaftes. Sprachforscher würden Eifersucht vermutlich mit »Seuche der Verbitterung« übersetzen, was alles andere als sympathisch klingt. Wer will schon verbittert rüberkommen? Damit gewinnt man bestimmt keinen Partner zurück …

Psychologen sehen die Sache sogar noch krasser. Eifersucht zeigt nämlich, woran es einem mangelt: nicht an Liebe, sondern an Selbstbewusstsein. Eifersüchtige Menschen fühlen sich allein wertlos.
Logische Folge: Eifersucht kann man nur überwinden, indem man sein eigenes Inneres stärkt.
Wenn das bloß so einfach wäre.
Wart ihr auch schon mal eifersüchtig? Und wie habt ihr es geschafft, diese Seuche loszuwerden?
Gespannte Grüße von eurer Jette V.

Puh. Das zu schreiben hat ganz schön Überwindung gekostet. Es fühlt sich an, als würde ich mich selbst als armes Würstchen outen, das nicht genug Selbstwertgefühl hat. Was natürlich absolut lächerlich ist! Ich bin eine der jüngsten Autorinnen Deutschlands, logo, dass ich innerlich stark bin.

Trotzdem macht es mich stinksauer, dass Nick mit dieser engelslockigen Amy trainiert. Angst, ihn zu verlieren, kann unmöglich dahinterstecken – da müssen sich diese Psychologen wohl irren. Schließlich habe ich ihn längst verloren. Jedenfalls als Freund. Obwohl … vielleicht gelingt es mir ja eines Tages, ihn davon zu überzeugen, dass der Kumpel-Modus für uns doch nicht das Richtige ist, weil wir einfach ein perfektes Paar sind??? Vielleicht liebt er mich ja doch noch??? Na ja – man wird ja noch träumen dürfen …

Ich muss die ganze Sache in Ruhe überschlafen. Als ich den Laptop herunterfahren will, sehe ich, dass schon drei Kommentare eingegangen sind:

SunshineGirl schreibt: Ich hatte mal einen supereifersüchtigen Freund, das war furchtbar. Eigentlich mochte ich ihn total gern, aber mit seiner blöden Eifersucht hat er mich einfach wahnsinnig gemacht. Nachdem ich mich von ihm getrennt habe, hat er mich noch wochenlang gestalkt. Total gruselig! Deshalb kann ich nur bestätigen: Eifersucht ist einfach krank.

Ich finde, es ist ein Unterschied, ob die Eifersucht begründet oder unbegründet ist. Wenn mein Freund mir untreu wäre, dann hätte ich ja wohl allen Grund der Welt, eifersüchtig zu sein. Was hat das denn mit mangelndem Selbstbewusstsein zu tun?, lautet der Kommentar von Flower14.

Und KissMe28 hat gepostet: Seh ich genauso: Wenn mir jemand Anlass gibt, eifersüchtig zu sein, dann habe ich auch das Recht dazu, entsprechend zu reagieren – damit meine ich, es ihm mit gleicher Münze heimzuzahlen. Und dafür gibt es nur eine Methode: Mach ihn ebenfalls eifersüchtig!

Dieser Vorschlag hält mich noch eine gute Stunde wach. Denn mir wird schlagartig klar, wie der ultimative Gefühls-Test laufen könnte: Ich müsste Nick bloß eifersüchtig machen – wenn es funktioniert, liebt er mich tatsächlich noch. Wenn ihn mein Trick dagegen kaltlässt, betrachtet er mich definitiv nur als Kumpel, und ich kann es mir endgültig abschminken, dass wir jemals wieder zusammenkommen. Einziger Haken: Mir fällt beim besten Willen nicht ein, womit ich Nick eifersüchtig machen könnte, also schlafe ich frustriert ein.

Doch schon am nächsten Tag in der Schule habe ich die Erleuchtung. Besser gesagt, sie läuft mir über den Weg und spricht mich an. Es ist kein anderer als der **göttliche Gabriel**!

Er strahlt mich an, als wäre ich der wandelnde Hauptgewinn in einer Lotterie, bei der nur er mitgespielt hat, und fragt mich ein bisschen umständlich, ob ich Lust hätte, heute Nachmittag eislaufen zu gehen. Vor anderthalb Jahren wäre ich glatt ohnmächtig geworden, wenn das passiert wäre. Jetzt denke ich in allererster Linie an Nick und an die Frage, ob es ihn wohl wurmt, wenn ich ihm von meinem Date mit Gabriel erzähle.

Als wir uns dann um kurz nach drei vorm Eingang zur Eishalle treffen, bin ich doch relativ aufgeregt. Aber natürlich nicht wegen Gabriel, sondern wegen Nick …

»Warum schaust du denn so böse?«, fragt Gabriel, nachdem wir eine Weile Schlittschuh gelaufen sind und er mich in Richtung Kiosk lotst, wo er mir einen Apfelpunsch ausgibt.

»Ach, nichts. Ich hab nur kurz an die Hausaufgaben gedacht«, behaupte ich. Schließlich kann ich ihm unmöglich von Amy erzählen und von meinem Plan, Nick eifersüchtig zu machen, um herauszufinden, ob er mich noch liebt. Der hält mich sonst noch für total bescheuert.

»Auf uns«, sagt Gabriel und stößt mit mir an.

»Prost«, antworte ich und strahle ihn an. »Lass uns ein Selfie machen«, schlage ich vor und hoffe, dass er mich nicht durchschaut. Mein Strahlen ist ein bisschen übertrieben und das Selfie natürlich für Nick gedacht.

»Bombenidee«, findet Gabriel, der wohl eindeutig keine Gedanken lesen kann. Wange an Wange lächeln wir in die Kamera.

11

Single-Blues

Oder: Hilfe, ich bin von Paaren umzingelt!

BEIM FRÜHSTÜCK am nächsten Morgen ist die Stimmung schon deutlich besser als am Tag zuvor. Vorhin habe ich das Selfie abgeschickt und Nick ganz cool viel Spaß beim Joggen gewünscht. Jetzt bin ich hochzufrieden mit mir. Zur Belohnung habe ich meinen Anti-Liebeskummer-Pinn auf Stufe sieben befördert! Denn wenn mein Plan aufgeht, Nick eifersüchtig ist und sich herausstellt, dass er wieder in mich verliebt ist, gibt es keinen Grund mehr, bekümmert zu sein.

»Ich kann heute unmöglich zur Schule gehen«, verkündet Tessa und reißt mich damit aus meinen Gedanken. »Ich bin nämlich krank – ich hab **Eißersucht**.«

»Du meinst, du bist eifersüchtig«, verbessert Mum automatisch, die immer zuerst auf die Grammatik achtet und dann auf den Inhalt.

Mir dagegen bleibt vor Schreck fast die Luft weg: Kann das

ein Zufall sein, dass Tessa von Eifersucht spricht, nachdem ich gerade erst darüber gebloggt habe?

»Hat Laurenz etwa Schluss gemacht und eine neue Freundin?«, hake ich vorsichtig nach.

»Natürlich nicht«, erwidert Tessa ganz empört, »wir sind doch schließlich verlobt!«

Es stellt sich heraus, dass sich Tessas »Eißersucht« lediglich auf die Fleißsternchen bezieht, von denen die Lehrerin ihrer Banknachbarin drei mehr ins Heft geklebt hat als ihr. Was vermutlich daran liegt, dass Tessas Heft aussieht wie Kraut und Rüben, wie Oma Lydia es formuliert hat.

»Kein Grund, nicht in die Schule zu gehen!«, beendet Paps das Thema und schickt Tessa ins Bad. »In fünf Minuten bist du wieder hier, gewaschen und angezogen. Alles klar?«

Hui, Paps ist heute aber streng. Dann sehe ich, wie er Mum verstohlen angrinst, woraufhin die ihm einen Schmatzer auf die Wange gibt. Versteh einer die Erwachsenen, ehrlich!

Mum setzt plötzlich ein geheimnisvolles Gesicht auf und verkündet, dass es eine Neuigkeit gibt. »Genauer gesagt, habe ich eine Bitte an euch«, sagt sie. »Könntet ihr am Freitagnachmittag und am Samstag gemeinsam mit Oma Lydia den Laden übernehmen? Ich werde nämlich verreisen.«

»Coole Sache«, findet Levin. »Jill hilft bestimmt auch.«

Ich nicke widerwillig. Die Aussicht, mit **dem Traumpaar** zusammen zu arbeiten, ist nicht gerade verlockend – zumal ich immer noch stocksauer auf Jill bin und nur das Allernötigste mit ihr rede. Vielleicht kann ich die Schicht mit Oma übernehmen?

»Lieb von euch, dann kann ich also zusagen«, lächelt Mum. »Ich weiß, das ist ein bisschen spontan, heute ist immerhin schon Mittwoch … Aber ich freue mich riesig auf das verlängerte Wochenende in Stockholm.«

Sofort bin ich alarmiert. Stockholm? Das kann ja nur bedeuten, dass …

Und tatsächlich: »Elin hat mich eingeladen. Wir übernachten bei einer Freundin von ihr, und sie zeigt mir die Stadt. Ist das nicht eine tolle Idee?«, fragt Mum.

Oh nein, eine schlechte Idee. Eine ganz schlechte Idee!

»Das wird dir guttun, Schatz«, bestätigt Paps und boxt Mum übermütig in die Seite. Hat der etwa einen Clown gefrühstückt? Erwachsene – vor allem Eltern – sind seltsame Wesen. Mal zoffen sie sich, mal säuseln sie. Hoffentlich werde ich nicht mal so!

Aber ich habe jetzt ganz andere Sorgen als die merkwürdigen Stimmungsschwankungen meines Vaters. Viel beunruhigender ist die Frage: Was, wenn Elin Mum etwas von dem Buch erzählt? Die Wahrscheinlichkeit, dass ihr während eines langen gemeinsamen Wochenendes etwas herausrutscht, erscheint mir so groß, dass mir augenblicklich schlecht wird …

In der ersten Pause steht Gabriel plötzlich vor mir. Er beißt in ein überdimensional riesiges Salami-Baguette und fragt mich dann mit vollem Mund, ob ich am Wochenende »Bock auf Kino« habe. »*Spectre*, der neue James Bond, soll super sein.«

Wie bitte? Glaubt der irgendwie gar nicht so göttliche Gabriel ernsthaft, er könne mich mit einem Agenten-Baller-Weiberhelden-Film locken? Zum Glück bin ich ja nicht an ihm interessiert, sonst würde ich mir diesen Schwachsinn womöglich wirklich antun. Nein, Gabriel ist nicht mein Fall. Aber auf dem Selfie sieht er prima aus – Wange an Wange mit mir, als wären wir ein Paar. Wenn Nick darauf nicht reagiert, besteht definitiv keine Hoffnung auf ein Happy End für uns.

»Ähm, ich weiß noch nicht so genau, wann ich Zeit habe«, rede ich mich heraus. »Meine Mutter verreist, und ich muss im Laden eine Schicht übernehmen.«

Vielleicht bietet er sich ja an, mir zu helfen? Das wäre natürlich ziemlich cool und würde auch für seine unappetitlichen Essmanieren entschädigen. Wenn ich Nick dann davon erzähle, wird seine Eifersucht bestimmt noch mehr angeheizt!

Wieder beißt er in sein Baguette, bevor er redet. Blödes Timing. Noch blöder ist nur, **was** er sagt: »Na gut. Dann geh ich eben mit Marie. Oder mit Ella. Oder mit Fabian und den Jungs.«

Fassungslos starre ich ihn an. Ist das etwa seine Art, ein Mädchen anzubaggern? Schließlich kann er nicht ahnen, dass ich gar nichts von ihm will. Wenn ich wirklich auf ihn stehen würde, fände ich seine Reaktion jetzt ziemlich daneben.

»Okay«, ist alles, was mir dazu einfällt. Beziehungsweise ist das, was ich laut ausspreche. Eigentlich liegt mir eine ganz andere Antwort auf der Zunge. **Blödmann** wäre noch der harmloseste Ausdruck …

»Cool«, sagt er schmatzend. »Man sieht sich.« Und weg ist er.

Kopfschüttelnd schaue ich ihm hinterher. Wie habe ich nur

jemals glauben können, ich könnte mich in Gabriel verlieben und dabei Nick vergessen? Was für eine dämliche Idee!

Ruckzuck ist Freitagmorgen. Paps bringt Mum und Elin zum Flughafen, während Oma Lydia in *Rapunzels Schatztruhe* Dienst schiebt. Levin, Tessa und ich müssen natürlich in die Schule.

Heute bin ich extrem unaufmerksam und kann mich nicht einmal in Bio, meinem Lieblingsfach, konzentrieren. In meiner Phantasie spiele ich verschiedene Variationen des Gespräches zwischen Mum und Elin durch, die alle dasselbe Horror-Ende haben: Elin verplappert sich, und Mum erfährt, dass ich Jette V. bin. Sie liest meine Blogbeiträge und findet heraus, was ich im Internet über sie und Paps geschrieben habe. Dass ich sie **megapeinlich** finde und oft extrem **nervig**, dass sie mich **überhaupt nicht verstehen** und die reinsten Spaßbremsen sind. Und dann kann ich mir wohl mein eigenes Grab schaufeln …

»Was ist denn los?«, raunt Jill mir zu, die leider immer noch meine Banknachbarin ist.

»Lass mich in Ruhe«, zische ich wütend zurück, schließlich ist Jill schuld an allem.

Dann klingelt es glücklicherweise zum Ende der Stunde, und ich beeile mich, hinauszukommen, weg von Jills bohrenden Fragen.

Nachmittags lösen Levin und Jill Oma Lydia im Hofladen ab, während ich Tessa bei den Hausaufgaben helfe – so komme ich zum Glück wieder drum herum, mich mit Jill zu unterhalten.

Am nächsten Tag halten Oma und ich die Stellung in *Rapunzels Schatztruhe*. Es ist ganz schön viel Betrieb! Ständig kommen Kunden herein, die fürs Wochenende Pastinaken, Kartoffeln, Spitzkohl oder Rote Beete einkaufen. Schon krass, wie viele Gesundheitsfutterfanatiker es gibt. Ihre Kinder tun mir echt leid … Es ist schon fast Mittag, als wir endlich mal einen Moment Ruhe haben und ich dazu komme, Oma Lydia meine Sorgen anzuvertrauen.

»Hoffentlich kommt Elin nicht auf die Idee, Mum von meinem Buch zu erzählen«, sage ich verzweifelt.

»Sie wird schon dichthalten«, versucht Oma mich zu trösten. Aber wie kann sie sich da so sicher sein?

Nach dem Abendessen schlägt Paps vor, dass wir uns alle gemeinsam einen Film anschauen. Tessa darf auswählen.

»Ich habe Lust auf *Ice Age*«, entscheidet sie.

Was ich sehr passend finde, zwischen Jill und mir herrscht schließlich ebenfalls Eiszeit. Bisher ist es mir ganz gut gelungen, ihr aus dem Weg zu gehen, aber jetzt sitzt sie mir genau gegenüber, und ich starre unentwegt auf den Fernseher, um ihrem Blick auszuweichen.

Einmal sehe ich dann doch zu Jill hinüber. Sofort wird mir klar, dass ich mir das Starren hätte sparen können, denn Jill beachtet mich ohnehin nicht – sie hat nur Augen für Levin.

Überhaupt komme ich mir gerade mal wieder vor wie das fünfte Rad am Wagen. Levin hält Händchen mit Jill, Tessa kuschelt mit Paps. Mum ist mit Elin unterwegs und erfährt womöglich in dieser Sekunde von meinem Doppelleben als

Jette V., und Gabriel ist höchstwahrscheinlich mit Marie im Kino. Auch in der Schule bilden sich in letzter Zeit lauter Pärchen: Olivia geht neuerdings mit Felix, Mia ist mit Aaron zusammen und Jana schon seit Monaten mit Ruben. Bin ich denn von lauter Paaren umzingelt? Ich bin vermutlich der letzte Single auf dem Planeten.

Nein, halt – Oma Lydia ist ja auch Single, seit Opa vor vielen Jahren gestorben ist. Ich war damals noch ganz klein und habe überhaupt nicht kapiert, warum alle Erwachsenen so furchtbar traurig waren.

Auf einmal tut mir Oma Lydia schrecklich leid. Ich stehe auf, schlüpfe erst aus dem Wohnzimmer und dann aus dem Haus, um zu Oma hinüberzulaufen. Ihre Eingangstür ist wie immer unverschlossen.

»Hallihallo!«, rufe ich, als ich die Wohnung betrete.

Oma sitzt auf ihrem Sofa, ihren Laptop auf dem Schoß, und winkt mir fröhlich zu.

Ich setze mich zu ihr und stelle fest, dass sie *Skype* geöffnet hat. Auf dem Monitor grinst mich das Gesicht von Hertha an, einer ihrer Freundinnen, mit denen sie ihre Winter auf La Gomera verbringt.

Ich kann diese Frau nicht leiden. Sie tut immer so übertrieben fröhlich und behandelt mich wie ein Baby. Doch was das Schlimmste ist: Sie nimmt mir Oma Lydia weg.

»Hallo«, grüßt mich Hertha aufgekratzt. »Wir freuen uns hier schon alle auf deine Oma. Kannst du sie denn entbehren?«

Sie scheint ihre Frage für einen guten Witz zu halten. Ich finde das allerdings überhaupt nicht komisch.

»Nein, kann ich nicht«, erwidere ich.

»Aber hier sind es wunderbare dreiundzwanzig Grad!«, flötet Hertha, als ob mich das trösten könnte. Soll ich mich etwa freuen, dass Oma Lydia bald für mehrere Monate weg ist?

»Mir tut die Wärme gut«, sagt Oma. »Im kalten deutschen Winter tun mir immer meine Gelenke so weh.«

Na ja. Dass sie Schmerzen hat, will ich natürlich auch nicht.

»Viel Spaß noch beim *Skypen*«, sage ich und mache mich wieder aus dem Staub. Besser, Oma merkt gar nicht, wie viel es mir ausmacht, dass sie demnächst nach La Gomera fliegt. Sonst sagt sie das womöglich noch meinetwegen ab. Ich werde schon irgendwie allein klarkommen. Auch wenn ich gerade nicht so genau weiß, wie das gehen soll.

Ich schaue mir mit den anderen noch das Ende von *Ice Age* an, dann verziehe ich mich in mein Zimmer und starte meinen Laptop. Zeit für einen neuen Blogbeitrag!

FÜHLT IHR EUCH AUCH MANCHMAL WIE EIN ALIEN?

Als Single unter lauter Paaren komme ich mir vor wie eine Außerirdische. Alle halten Händchen, kuscheln, schmachten einander an – nur ich selbst bin ein Einzelstück und fühle mich irgendwie unvollständig. Als wenn ich nur als Teil eines Paares komplett wäre.

Ist das der Grund, warum sich alle Menschen nach einem Partner sehnen? Nur, um nicht allein unter Paaren zu sein?

Kennt ihr auch dieses blöde Gefühl, nicht so richtig dazuzugehören?
Eure Jette V.

Nachdem ich den Beitrag hochgeladen habe, entdecke ich, dass schon vor Stunden eine Nachricht von Nick angekommen ist, die ich bisher völlig übersehen habe. Als ich seinen Namen lese, bekomme ich sofort wieder Herzklopfen, weiche Knie, Bauchrumoren – das volle Programm eben. Verdammt, das ist eindeutig.

Diagnose: schwerst verliebt.

Aber das ist ja nichts Neues. Viel spannender ist die Frage, ob es Nick wieder genauso geht. Und das werde ich gleich erfahren. Hoffentlich ist er rasend eifersüchtig! Andererseits: Was, wenn er wegen des Selfies mit Gabriel so sauer auf mich ist, dass er gar nichts mehr mit mir zu tun haben will? Oje, an diese Möglichkeit habe ich ja noch gar nicht gedacht! Aber jetzt ist es ohnehin zu spät …

Als ich die Mail öffne, schwitzen meine Finger, denn ich bin so nervös wie vor einer Prüfung, für die ich das Falsche gelernt habe.

Hi Henriette,
Schlittschuh laufen ist eine gute Idee! Hier in Edinburgh gibt es den größten Open-Air-Eislaufplatz Europas, der liegt direkt unterhalb des Castles. Würde dir garantiert auch gefallen. Demnächst wollen wir mit der ganzen Klasse hingehen.

Danke für das superwitzige Foto. Sieht aus, als hättet ihr viel Spaß gehabt. Wenn ich im Januar zurückkomme, können wir ja mal alle zusammen auf die Eisbahn gehen. Ich freu mich schon drauf!
Dein Kumpel Nick

Tja. Mein Eifersuchts-Experiment ist wohl gründlich schiefgegangen. Nicks Reaktion ist so ungefähr das Gegenteil dessen, was ich mir erhofft habe. **Superwitzig** – von wegen. Ich bin **superfrustriert**!

Doch dann schaue ich mir das Selfie noch einmal an. Auf dem Bild sehen Gabriel und ich eigentlich echt nicht aus, als wären wir ein Traumpaar. Er zieht eine alberne Grimasse, und ich runzele die Stirn, während ich gleichzeitig grinse. Man erkennt auf den ersten Blick: Das mit uns wird nie was!

Vielleicht hat Nick das auch erkannt und deshalb so gelassen reagiert? Möglich – aber nicht sehr wahrscheinlich. Ich bin megatraurig, dass Nick wirklich kein bisschen eifersüchtig ist. Offenbar findet er unseren Status als beste Freunde perfekt. Mir dagegen wird immer klarer, dass mir das einfach nicht reicht. Denn eigentlich will ich nur eins: Wieder mit Nick zusammen sein!

Ein paar Wochen lang habe ich mir selbst was vorgemacht und mir eingeredet, Freundschaft ohne Gefühle wäre einfacher.

Ist es aber nicht, wenn die Gefühle noch da sind.

Ich kann sie schließlich nicht wegzaubern.

12

Freundschaft plus X

Oder: Oma Lydia hat nicht nur den Durchblick …

ENTWARNUNG! MUM IST wieder da und verhält sich vollkommen unverdächtig: Locker und gut gelaunt erzählt sie von Stockholm. Hört sich an, als hätten sie und Elin richtig viel Spaß gehabt im hohen Norden, trotz des kalten Novemberwetters. Und was noch wichtiger ist: als hätte Elin tatsächlich dichtgehalten! Oder freue ich mich etwa zu früh?

Doch irgendwann atme ich auf: Wenn Mum über die Sache mit dem Buch Bescheid wüsste, hätte sie mich längst zur Rede gestellt. Wahrscheinlich hätte sie umgehend einen Familienrat einberufen … Sie ahnt also definitiv nichts. **Puh!**

Später am Abend sitze ich bei Oma Lydia in der Küche und nasche Vanillekipferl. Hmmm – meine Lieblingsplätzchen. Da schmeckt man, dass es mit Riesenschritten auf Weihnachten zugeht.

»Wusste ich es doch – dein Geheimnis ist bei Elin sicher«, sagt Oma.

Zum Glück sind bei Oma Lydia Geheimnisse ebenfalls sicher. Und mich bedrückt gerade ein ganz großes, ich kann es einfach nicht mehr länger für mich behalten. Oma Lydia kann ich alles anvertrauen, also auch meine Gefühle für Nick.

Ich gestehe Oma, dass ich noch immer hoffnungslos in ihn verknallt bin. »Erst habe ich versucht, den Kontakt komplett abzubrechen, danach habe ich mir eingeredet, er sei nur noch ein Kumpel für mich. Als mir klar geworden ist, dass das nicht stimmt, wollte ich den Liebeskummer einfach mit Gewalt überwinden und mich in jemand anderen verlieben – das hat überhaupt nicht funktioniert. Zuletzt habe ich versucht, Nick eifersüchtig zu machen – leider ebenfalls komplett ohne Erfolg.«

»Und du bist sicher, dass Nick nicht mehr will als eine lockere Freundschaft?«, hakt Oma Lydia nach. »Vielleicht hat er ja auch Interesse an einer Freundschaft plus X.«

Ich ziehe mein Smartphone hervor und zeige ihr seine letzte E-Mail.

Mit gerunzelter Stirn liest sie, was er zu dem Selfie geschrieben hat. Dann sagt sie: »Beste Freunde? So ein Quatsch! Der ist auch noch immer in dich verliebt, da bin ich ganz sicher.« Sie deutet auf den Schlusssatz seiner Nachricht: »Schau, er freut sich schon darauf, mit dir auf die Eisbahn zu gehen. Das ist ja wohl eindeutig!«

Ich schöpfe Hoffnung. Ob das wohl stimmt? Oma klingt sehr überzeugend, aber ich bin fast sicher, dass sie sich irrt …

Trotzdem bin ich furchtbar aufgeregt, als ich an diesem Abend sämtliche Mails, die Nick mir in den letzten Wochen geschickt hat, auf verräterische Liebesbotschaften checke.

»Burki, ich fürchte, Oma hat tatsächlich unrecht«, seufze ich, nachdem ich sie alle dreimal durchgelesen habe.

»Wuff«, antwortet mein Hund und meint damit garantiert so etwas wie: Hör doch auf, dich selbst zu quälen, Zweibeinerin Henriette – das ist ja nicht mit anzusehen!

Aber ich kann nicht aufhören, an Nick zu denken. Und an Oma, die gleich nach Weihnachten in den Süden fliegt und mich im kalten Berlin zurücklässt. Ich vermisse sie jetzt schon! Zwischen Jill und mir herrscht noch immer eisiges Schweigen, was völlig absurd ist, weil wir uns hier im Haus dauernd über den Weg laufen. Und sie fehlt mir schrecklich. Ohne beste Freundin ist das Leben nicht halb so schön. Lange halte ich das nicht mehr durch, auf sie sauer zu sein. Dabei bin ich doch im Recht! Oder war meine heftige Reaktion neulich übertrieben? Schließlich hat Elin mein Geheimnis ja bisher wirklich nicht verraten. Keine Ahnung. Ich weiß nicht mehr, was ich denken soll. Denn vor allem fühle ich mich **furchtbar einsam ...**

Ich überlege kurz, ob ich darüber bloggen soll. Dann fällt mir ein, dass ich das längst getan habe, nämlich in meinem *Allein-unter-Paaren-Artikel*, und dass ich noch gar nicht nach den Reaktionen meiner Leserinnen geschaut habe. Das hole ich schleunigst nach.

Als Erste hat HotChili kommentiert: **Ich weiß genau, was du meinst, denn ich komme mir auch immer vor wie das** fünfte Rad am Wagen, wenn meine Freundinnen von irgendwelchen Pferdeturnieren erzählen. Alle außer mir reiten und reden ständig ganz aufgeregt über Prüfungen, Turniere, Hindernisse und Reitabzeichen ... Und ich habe keine Ahnung, was es damit auf sich hat. Ich glaube, die merken gar nicht, dass ich mich dann voll als Außenseiterin fühle.

Chica2000 schreibt: Mir ging es so, als alle aus meiner Stufe im Tanzkurs waren, nur ich nicht, weil ich mir beim Skifahren das Bein gebrochen hatte und nicht laufen konnte - geschweige denn tanzen. Bei den anderen drehte sich auf einmal alles um den Abschlussball, den Tanzpartner, das Kleid - und ich kam mir vor wie von einem anderen Stern. Ziemlich blöde Situation!

Und Pippilotta hat gepostet: Leute, ihr macht mir gerade ein ganz schlechtes Gewissen. Seit ich einen festen Freund habe, unternehmen wir fast nur noch Pärchenkram. Also entweder etwas zu zweit oder mit anderen Paaren. Für meine beste Freundin, die Single ist, muss das voll fies sein, das wird mir jetzt klar. Ich glaube, ich muss mich bei ihr entschuldigen und in Zukunft mehr mit ihr unternehmen. Was wäre ich sonst für eine Freundin?!

Na super. Jetzt hab ich ebenfalls ein schlechtes Gewissen. Denn eins wird mir schlagartig klar: In dem Jahr, als ich mit Nick zusammen war, hatte ich so gut wie nie Zeit für Jill. Und jetzt hat sie den Spieß quasi umgedreht. Inzwischen sind sie und der Badezimmerblockierer im Pärchen-Modus, während ich allein übrig bleibe. Dass ich mich dabei wie ein Alien fühle, ist wohl einfach nur die Strafe dafür, dass ich sie damals vernachlässigt habe.

Aber die Selbsterkenntnis hilft jetzt auch nicht. Ich habe vor allen Dingen Sehnsucht nach Nick! **Sehnsucht** – ein Wort, das so schön ist, dass es fast wehtut. Genau wie das Gefühl selbst … Und plötzlich weiß ich, worüber ich als Nächstes blogge. Meine Finger fliegen förmlich über die Tastatur, und als ich fertig bin, geht es mir fast schon ein bisschen besser.

NOCH SO EINE »SEUCHE«: SEHNSUCHT!

Wenn man eine schöne Empfindung, eine wichtige Sache oder einen besonderen Menschen so sehr herbeiwünscht, dass es schmerzt, dann ist das Sehnsucht.
Am schlimmsten fühlt sich die Sehnsucht natürlich an, wenn es um jemanden geht, den man liebt. Noch schlimmer ist es, wenn diese Person unerreichbar ist – entweder weil sie am anderen Ende der Welt lebt oder weil sie ganz einfach nicht an dir interessiert ist. Oder beides. Dann ist alles völlig hoffnungslos.
Eine Menge kluger Leute haben sich schon den Kopf über das Thema Sehnsucht zerbrochen. Zum Beispiel alle möglichen Philosophen. Manche Schriftsteller haben sogar ganze Tragödien oder Gedichte darüber geschrieben, vor allem in der Zeit der Romantik. Und das Verrückte ist: Damals galt das Gefühl der Sehnsucht nicht als schreck-

lich, sondern als regelrecht erstrebenswert. Man fand es schöner, sich nach jemandem zu verzehren, als ihn zu küssen. Also wenn das romantisch ist, dann bin ich der unromantischste Mensch der Welt!
Sich etwas zu wünschen, was man ohnehin nie bekommen kann, ist völlige Zeitverschwendung. Aber seine Gefühle kann man sich nun mal nicht aussuchen. Oder vielleicht doch? Was denkt ihr?
Eure Jette V.

Ich lese mir den Artikel, der jetzt online ist, noch einmal durch und überlege, ob Sehnsucht besser ist als Liebeskummer oder nur eine andere Form davon. Und dann frage ich mich, ob die Sache zwischen Nick und mir wirklich so völlig hoffnungslos ist oder ob Oma nicht doch recht hat.

Am nächsten Tag zeigt sich der Spätherbst von seiner fiesesten Seite. Es stürmt und regnet mir auf dem Heimweg von der Schule erst schräg ins Ohr und dann in den Nacken. **Wäääh**, wie eklig! Zu Hause muss ich mir erst mal die Haare föhnen und mich umziehen.

Zum Mittag gibt es Wurzelgemüse mit Sojawürstchen und für alle, die unbedingt eine Beilage brauchen, ein Stück Dinkelbrot.

»Ich wünschte, es gäbe mal Pizza bei uns«, murmelt Levin vor sich hin, und obwohl Mum daraufhin ein böses Gesicht macht, stimmt Paps ihm aus vollstem Herzen zu.

»Ist das euer Ernst?«, fragt Mum fassungslos. »Ich sorge dafür, dass meine Familie die gesündeste Ernährung bekommt, die nur möglich ist. Und ihr wollt lieber Fast Food?«

»Dein Gesundheitsfutter ist wunderbar und … ähm … meistens sehr lecker«, erwidert Paps todesmutig. »Aber manchmal wäre es einfach schön, auch mal was Unvernünftiges zu essen. So wie andere Leute das machen.«

Mittlerweile habe ich aufgehört zu kauen und sogar zu atmen. Levin und Tessa geht es nicht anders. Gebannt verfolgen wir dieses unerwartete Gespräch, das jedoch schon zu Ende ist, bevor es überhaupt so richtig in Fahrt kommt. Denn Mum presst nur die Lippen aufeinander und starrt auf ihren Teller. Dann macht sie leise »Hmmm« und kurz darauf noch einmal »Hmmm«. Schließlich steht sie wortlos auf und verlässt einfach die Küche. Gleich darauf hören wir die Haustür zuknallen.

Nach den Hausaufgaben gehe ich rüber zu Oma Lydia und erzähle ihr von dem Pizza-Drama.

»Mum war wirklich stocksauer auf Paps. Ich habe Angst, dass sie sich doch irgendwann trennen«, schließe ich meinen Bericht. Ein bisschen erschrecke ich vor meinen eigenen Worten, die mir jetzt, da ich sie laut ausgesprochen habe, auf einmal gar nicht mehr so unwahrscheinlich vorkommen.

»Ach was«, winkt Oma ab, »wie gesagt: Solche Phasen gibt es in jeder guten Beziehung. Was glaubst du, wie oft Opa und ich verschiedener Meinung waren? Einmal, als wir uns nicht einigen konnten, ob wir am Meer oder in den Bergen Urlaub machen sollen, hat Eva auch befürchtet, wir würden uns scheiden lassen. Aber das haben wir natürlich nicht getan – schließlich haben wir uns sehr geliebt!«

Nachdenklich schaue ich aus dem Fenster in den trüben Dezemberhimmel. »Und wohin seid ihr dann gefahren?«, frage ich schließlich.

»An den Bodensee. Das war ein toller Kompromiss«, lächelt Oma. Dann macht sie uns heiße Schokolade mit Sahne und sagt: »Wenn es draußen kalt ist, braucht man Wärme von innen.«

Hmmm, ist das lecker!

»Wie läuft es jetzt eigentlich mit Nick?«, wechselt Oma unvermittelt das Thema.

»Es gibt nichts Neues«, seufze ich. »Er ist im Kumpel-Modus, auch wenn du das nicht glaubst. Und ich im Schmacht-Modus. Es ist einfach hoffnungslos.«

Oma legt den Kopf schief, runzelt die Stirn und zieht eine ungläubige Grimasse. Vermutlich will sie mich zum Lachen bringen, was ihr auch gelingt, denn sie hat auch noch einen Sahnebart an der Oberlippe, der urkomisch aussieht.

»So gefällst du mir schon besser«, sagt sie zufrieden. »Ich mag es gar nicht, wenn mein Henriettchen traurig ist.«

Mit diesen Worten steht sie auf, geht hinüber zur Kommode, öffnet eine Schublade und zieht einen Briefumschlag hervor.

»Für den Fall, dass du dir einen Wunsch erfüllen willst, während ich weg bin«, sagt sie und überreicht ihn mir.

»Fünfhundert Euro?«, staune ich. »Wahnsinn. Das ist ja krass! Wofür sollte ich denn so viel Geld brauchen?«

»Na ja. Ich hätte da so eine Idee …«, sagt Oma und macht ein supergeheimnisvolles Gesicht.

Als sie mir verrät, was sie damit meint, halte ich das zuerst für einen Scherz. »Das ist doch nicht dein Ernst?!«, rufe ich verblüfft.

Doch Oma lächelt nur vielsagend, und dann wird mir klar, was für einen genialen Vorschlag sie mir da gemacht hat.

»Du bist die Beste!«, jubele ich und fliege ihr um den Hals. »Das muss ich sofort Jill erzählen …«

Ooops. Das habe ich jetzt spontan so dahingesagt. Aber dann wird mir klar, dass ich es genau so gemeint habe!

Ich stürme rüber ins Haus und laufe Jill, die exakt in diesem Moment aus Levins Zimmer kommt, fast über den Haufen.

»Huch! Sorry«, rufe ich – und kurzerhand zerre ich die verblüffte Jill in mein Zimmer.

Sie ist völlig überrumpelt und leistet vor lauter Schreck keinerlei Widerstand. Nachdem ich sie wochenlang mehr oder weniger ignoriert habe, kann sie es kaum fassen, dass wir einander jetzt gegenüberstehen.

»Ich war so eine blöde Kuh«, platze ich heraus, doch Jill fällt mir sofort ins Wort: »Nein, die blöde Kuh war ich!«

Dann prusten wir beide los und lachen, bis wir japsend auf dem Boden liegen.

Oh, wie habe ich das vermisst! Es war wirklich höchste Zeit für unsere Versöhnung. Warum war ich bloß so stur? Logisch, dass Jill mein Vertrauen nicht wirklich missbrauchen wollte. Sie hat Elin nur deshalb von meinem Buch erzählt, weil sie so megastolz auf ihre beste Freundin war. Auf mich.

»In Zukunft werde ich nie, nie wieder auch nur das allerkleinste Geheimnis ausplaudern«, schwört sie. »Großes Indianer-Ehrenwort!«

»Kein Problem, solange du es nur Elin weitererzählst«, sage ich großzügig, denn die scheint ja wirklich dichtzuhalten. »Aber eins musst du mir versprechen – und ich dir: Dass wir immer Zeit füreinander haben, ganz egal ob wir gerade einen Freund haben oder Single sind.«

»Ich schwöre«, verkündet Jill feierlich.

Und dann erzähle ich ihr im Eiltempo, welche Neuigkeiten es gibt – sowohl, was Nick angeht, als auch Oma Lydias geniale Idee.

Natürlich ist Jill völlig begeistert!

Dann taucht Mum auf und fragt, ob Jill nicht zum Abendessen bleiben will.

»Sehr gern«, sagt Jill höflich. Sie schafft es immer, so zu tun, als würden ihr Mums Gemüsegerichte und Körnerbratlinge wirklich schmecken.

Doch als wir die Küche betreten, trifft uns fast der Schlag. Allein schon der Geruch ist ein Schock!

Levin ist der Erste, der die Fassung wiedergewinnt.

»Cooool, Pizza!«, ruft er laut und stürmt an den Tisch. Wir folgen ihm eilig.

Paps sitzt bereits zufrieden grinsend da. »Nicht nur Pizza«, erklärt er, »sondern sogar Fertigpizza. Nicht mal Vollkorn. Schlagt zu.«

Ähm – ist Mum etwa krank geworden? Da sehe ich, wie sie Paps zuzwinkert. Und er gibt ihr einen Luftkuss zurück.

Plötzlich verstehe ich: Dieser Pizza-Abend ist einfach nur die seltsame Art meiner durchgeknallten Eltern, sich zu versöhnen.

Auf die Pizza mit Gebrüll!

13

Mac Date

Oder: Der Nürnberger Weihnachtsmarkt findet ohne uns statt

»ICH KANN ES NICHT FASSEN, dass Mum und Paps unsere Story einfach so geschluckt haben«, sage ich.

Oma lacht. »Warum sollten sie nicht? Wir könnten doch theoretisch wirklich den Nürnberger Weihnachtsmarkt besuchen! Schließlich wolltest du schon immer mal das echte Christkind treffen, und der Samstag vor dem zweiten Advent ist perfekt dafür.«

»Oma, damals war ich drei oder vier!«, protestiere ich.

»Na und? Für seine Eltern bleibt man immer klein, egal wie alt man ist«, behauptet Oma Lydia.

»Bleibt Mum für dich auch immer klein?«

»Klar! Jedes Mal, wenn sie so gnadenlos vernünftig ist, erinnere ich mich an Klein-Eva, die brüllte wie am Spieß, bloß weil sie keine Schokolade bekam.«

Ich will mich ausschütten vor Lachen. Mum als quengelndes Kleinkind, das würde ich ja gerne mal erleben!

Doch von einer Sekunde auf die andere ist dieses Phantasiebild vergessen, denn die Motoren heulen auf, und alles scheint zu vibrieren.

»Es geht los!«

Der Flieger beschleunigt ganz gewaltig, und auf einmal sind wir in der Luft. Plötzlich erscheint mir ganz Berlin wie eine Miniaturstadt, und mein Magen schlägt Purzelbäume vor Aufregung.

»Du kannst jetzt mein Handgelenk loslassen, sonst graben sich die Abdrücke deiner Nägel noch auf ewig in meiner Haut ein«, sagt Oma.

Ooops! Ich habe überhaupt nicht gemerkt, dass ich sie vor lauter Nervosität so fest umkrallt habe.

»Was, wenn Mum prüft, ob man heute überhaupt von Berlin nach Nürnberg und wieder zurück fliegen kann?«, fällt mir ein.

»Dann wird sie feststellen, dass es täglich sogar mehrere Verbindungen gibt«, lächelt Oma. »Die Flugdauer beträgt eine Stunde, die Fahrt vom Flughafen ins Zentrum dauert eine Viertelstunde. Keine Sorge, wir sind bestens auf jegliche Nachfragen vorbereitet!«

Ich bin baff.

Omas Augen blitzen spitzbübisch. »Entspann dich, Henriettchen, deine lieben Eltern werden nicht erfahren, dass wir doppelt so weit und in eine völlig andere Richtung fliegen. Es sei denn, du erzählst es ihnen eines Tages.«

Nach einiger Zeit ist Land in Sicht. Jetzt ist es nicht mehr weit bis zur Landung. Mein Herzschlag beginnt, sein Tempo zu verschärfen. Es wird langsam ernst! In weniger als einer Stunde werde ich ihm gegenüberstehen, und dann wird sich zeigen, ob die Gefühle, die Oma aus Nicks E-Mails herausgelesen hat, wirklich da sind oder doch nur ihrer Phantasie entspringen.

»Ihr wollt echt für einen einzigen Tag hierherfliegen?«, hat Nick gefragt, nachdem ich ihm von Omas Plan erzählt habe. »Das ist doch völlig verrückt!«

Da hatte er natürlich nicht unrecht. Es **ist** verrückt! Aber warum soll man nicht mal was total Schräges tun?

»Wie cool, dass ihr kommt. Ich freu mich!«, hat Nick dann noch ergänzt, und in diesem Moment war ich mir ganz sicher, dass Omas Idee nicht einfach nur gut, sondern sogar nobelpreisverdächtig war!

Offiziell ist der Ausflug zum Christkindlmarkt in Nürnberg Omas vorgezogenes Weihnachtsgeschenk für mich. In Wahrheit bezahle ich den Trip nach Schottland von meinem Buchhonorar. Und ich hoffe, damit meine »Seuche« zu heilen: **Schluss mit der Sehnsucht!** Und vor allem mit der Ungewissheit …

Jill ist die Einzige, die ich eingeweiht habe. Von Burki einmal abgesehen. Sie hat mir hoch und heilig geschworen, niemandem etwas davon zu verraten – weder Elin noch Levin. Ich glaube ihr. Natürlich wird sie fast platzen vor Mitteilungsdrang. Aber sie wird ihr Wort halten.

Als wir zur Landung ansetzen, kann ich kaum die Durchsage des Kapitäns verstehen, so laut rauscht das Blut in meinen Ohren. Als stünde ich direkt unter einem Wasserfall!

Dann setzen wir auf, und die Anschnallzeichen erlöschen. Wir sind da. **In Edinburgh!**

Wenig später steigen wir in den *Airlink Expressbus*, der zur *Waverley Bridge* direkt im Zentrum fährt.

Ich sehe Nick schon von Weitem. Er hat eine graue Jeans und eine dieser Steppjacken an, die voll sportlich aussehen und kuschelig warm halten. Sie ist blau und bildet einen tollen Kontrast zu seinen dunkelblonden Haaren, die er etwas länger trägt als früher, die aber immer noch so zerzaust sind, wie ich es mag.

»Um fünf Uhr nachmittags treffen wir uns wieder hier.« Oma lächelt mir zu. »Habt einen wunderschönen Tag miteinander!«

Ich gebe ihr einen Kuss, dann flitze ich davon.

Zuerst ist das Wiedersehen etwas seltsam. Wir wissen beide nicht, wie wir uns verhalten sollen. Etwas unbeholfen umarmen wir uns. Wie viel Körperkontakt ist angemessen für Kumpelfreunde? Wie fest darf ich ihn drücken? Und wie lange, bevor er Verdacht schöpft? Gibt es da irgendwelche Regeln? Und falls ja: Warum hab ich noch nie darüber gebloggt? Das wäre doch wenigstens mal ein nützliches Thema.

Nick scheint auch nicht so genau zu wissen, wie man mit einer ziemlich besten Exfreundin umgeht. Verlegen steht er da und grinst schief. Seine bernsteinfarbenen Augen mit den unfassbar langen Wimpern sind erwartungsvoll auf mich gerichtet. Vielleicht sollte ich irgendetwas sagen? Bisher haben wir nur Floskeln wie »Hi« und »Da bist du ja« ausgetauscht.

Ich überreiche ihm mein Buch, das er gebührend bewundert, dann stehen wir einander wieder wortlos gegenüber. Einem von uns sollte jetzt endlich was einfallen, bevor das Schweigen allzu peinlich wird.

»Tja. Okay – und was machen wir mit diesem schönen Tag?«, frage ich schließlich und könnte mich im gleichen Augenblick selbst ohrfeigen. So redet man vielleicht als alte Tante, die mit ihrem Neffen in den Freizeitpark geht und hofft, dass sie um die Achterbahn und die Geisterbahn herumkommt.

Doch offenbar war es genau die richtige Gesprächseröffnung, denn Nick besinnt sich augenblicklich auf seine Rolle als Gastgeber und Stadtführer.

»Also, ich würde vorschlagen, wir schauen uns erst einmal die *Old Town* an. Die *Royal Mile* musst du einfach gesehen haben. Sie ist übrigens wirklich eine schottische Meile lang, also etwa 1,8 Kilometer. Und dann besuchen wir das *Castle*, und später fahren wir Schlittschuh, einverstanden?«

Oh ja – ich bin so was von einverstanden!

Und ich bin ganz schön beeindruckt. Nick kennt sich wahnsinnig gut aus. In den Monaten seit seiner Abreise ist er ein halber Schotte geworden ... Zu vielen Plätzen und Gebäuden kann er mir etwas erzählen, teils Historisches, teils eigene Erlebnisse. Ich selbst rede fast gar nicht, aber ich höre gut zu, und ich lache sehr viel. Hoffentlich klinge ich nicht zu schrill!

Als wir das *Castle* erreichen, hakt er sich bei mir unter, aber ganz locker, und seine Stimme bebt kein bisschen, als er mir von der Kanone erzählt, die hier jeden Mittag um eins abgefeuert wird.

Ich lächele nur, denn wenn ich etwas sagen würde, würde er sofort merken, dass seine Berührung mich völlig durcheinanderbringt. Aber anders, als Oma es vorausgesagt hat, empfange ich von seiner Seite überhaupt keine Signale. **Leider.** Ob der tollste Junge auf diesem Planeten wirklich einfach nur mit mir befreundet sein will? Freundschaft ohne »plus X« …?

Die Kanone wird tatsächlich um Punkt ein Uhr gezündet. Was für ein Getöse! Obwohl ich den Knall erwartet habe, zucke ich vor Schreck zusammen, als er ertönt, und greife im Affekt nach Nicks Hand.

Er lächelt mir beruhigend zu, lässt meine Hand allerdings nicht los. Ich seine auch nicht mehr. Also stehen wir mindestens drei Minuten reglos da, Hand in Hand, und blinzeln in die Wintersonne. Hat das jetzt etwas zu bedeuten???

Dann knurrt unromantischerweise mein Magen, und Nick prustet los. »Ich habe auch Hunger«, meint er. »Wie wär's mit *Fish and Chips*?«

»Fisch mag ich total gern. Aber mit Chips als Beilage? Passt das denn?«

»So nennt man hier Pommes«, klärt Nick mich auf. »Fettig und lecker – typisch britisches Fast Food.«

»Perfekt!«, finde ich.

Nachdem wir uns die Mägen mit Fisch im Backteig und goldgelben Fritten vollgeschlagen haben, leihen wir uns Schlittschuhe aus und amüsieren uns auf der größten Open-Air-Eisbahn Europas. Ich bin nicht besonders geschickt auf den Kufen, doch im Gedränge kann man eh nicht sehr schnell fahren, und immer wenn ich fast das Gleichgewicht verliere, kommt mir Nick zu Hilfe. Ich gebe zu: Einige meiner Stolperer sind gefakt. Hallo? Ich bin nur einen einzigen Tag hier, da muss ich jede Gelegenheit nutzen, um Nick zu berühren. Ich bin wild entschlossen, das Beste aus diesem kurzen Treffen zu machen …

»Was hältst du von einem Selfie – als Erinnerung?«, schlägt Nick übermütig vor.

»Super Idee«, strahle ich ihn an.

Erst macht er eine Aufnahme mit seinem Handy, dann ich eine mit meinem. Das Ganze dauert zwar bloß wenige Sekunden, aber allein für diesen kurzen Wange-an-Wange-Moment hat sich die Reise gelohnt. **Hach!**

Nicht nur dieser Augenblick, sondern der ganze Tag verfliegt viel zu schnell! Bevor es Zeit wird, zurück zum Flughafen zu fahren, spazieren Nick und ich noch durch die *Princes Street Gardens*. Leider nicht Hand in Hand, doch trotzdem ist es voll romantisch – zumindest finde ich das. Und Nick hoffentlich auch – schließlich war dieser Spaziergang sein Vorschlag. Der Park liegt direkt unterhalb des *Edinburgh Castle* und ist einfach herrlich.

»Früher war hier ein großer See«, erklärt Nick. »Er hieß *Nor Loch* und wurde vor ungefähr zweihundert Jahren trockengelegt, damit man die *New Town* bauen konnte.«

»Hey, du solltest Fremdenführer für deutsche Touristen werden, damit könntest du ordentlich Geld verdienen.«

»Findest du?« Nick freut sich über mein Kompliment. »Wir hatten das Thema gerade in Geschichte. Aber es lohnt sich kaum, jetzt noch einen Nebenjob anzufangen, ich bleibe ja bloß bis Januar hier.«

Vier Wochen nur noch – das werde ich schon irgendwie überstehen. Aber was dann? Wie geht es mit uns weiter, wenn Nick wieder zurück in Berlin ist?

Und dann stehen wir wieder an der Bushaltestelle, wo wir uns vor ein paar Stunden getroffen haben, und sind irgendwie genauso verlegen wie vorhin. Also, ich jedenfalls. Ich weiß gar nicht, wohin mit meinen Händen, deshalb vergrabe ich sie in meinen Jackentaschen. Am liebsten würde ich Nicks Haare verwuscheln, ihm über die vor Kälte roten Wangen streicheln und ihn ganz einfach mitten auf den Mund küssen. Soll ich? Was, wenn ich es einfach wage? Was kann schon passieren … Er könnte mich zurückküssen – und das wäre das Beste, was mir passieren kann. Oder er könnte sich erschrocken zurückziehen – und dann wüsste ich immerhin, dass das Händchenhalten vorhin rein gar nichts für ihn bedeutet hat.

Aber ich bin einfach zu feige, und schon ist der Augenblick vorbei.

»Da kommt deine Oma«, sagt Nick. »Tja, dann würde ich sagen: Mach's gut!«

Der Abschied besteht aus einer hektischen Umarmung, einem wortlosen Nicken und einem letzten Winken aus dem Busfenster.

»Deinem Gesichtsausdruck nach zu urteilen, war euer **Mac Date** zwar kein Desaster, aber auch kein voller Erfolg«, sagt Oma, als wir schon wieder über dem Meer sind. Vermutlich hat sie gewartet, ob ich von mir aus etwas erzähle, aber ich muss erst einmal mein Gedankenkarussell in den Griff kriegen! Nicks süßes Lächeln. Wir beide Hand in Hand. Das Selfie. Der romantische Spaziergang im Park … Vor meinem inneren Auge wiederholen sich diese magischen Momente wie in einer Endlosschleife. Doch gleichzeitig frage ich mich, ob ich das alles vielleicht total überbewerte. Nick liebt mich nicht mehr – zumindest hat er keinerlei Annäherungsversuche gemacht –, ich ihn aber mehr als je zuvor. **Ein Dilemma.** Habe ich die Sache mit dem Edinburgh-Trip bloß schlimmer gemacht?

»Hmmm«, murmele ich, weil Oma Lydia immer noch auf eine Antwort wartet.

»Mach dir keine Sorgen, Henriettchen«, sagt Oma, die ich schon immer unter Verdacht hatte, Gedanken lesen zu können. »Trübsal blasen hält einen nur davon ab, das Leben zu genießen. Und genau das sollte man tun, vor allem wenn man jung ist.«

»Aber ich will nicht einfach nur Spaß haben – ich will Nick zurück.«

»Und niemand wünscht dir das mehr als ich«, erwidert Oma. »Nur … Liebe kann man nun mal nicht erzwingen.«

Ich schweige nachdenklich. Kann man sich denn selbst dazu zwingen, jemanden nicht mehr zu lieben?

»Was, wenn er genau der Richtige für mich ist?«, frage ich leise.

»Ach, Henriettchen, du hast doch noch dein ganzes Leben vor dir! Du wirst dich garantiert noch oft verlieben.«

»Vielleicht will ich das ja gar nicht«, murmele ich.

Oma streicht mir sacht über den Kopf. »Bestimmt willst du das irgendwann wieder«, lächelt sie. »Und wenn du dann jedes Mal an mich denkst, würde mich das sehr glücklich machen.«

Für den Rest des Fluges tue ich so, als würde ich schlafen. In Wahrheit konzentriere ich mich auf das Einzige, was mich in diesem Moment ablenken kann: mein Blog. Ich habe es gestartet, um mich als Wissenschaftsjournalistin mit dem Thema Liebe zu befassen. Doch dann habe ich *Liebe für Anfänger* mehr oder weniger als seelischen Abfalleimer für meinen eigenen Liebeskummer benutzt. Das war nicht besonders professionell, wenn ich ehrlich bin. Dabei gibt es so vieles rund um das schönste Gefühl der Welt, wovon ich noch keine Ahnung habe. Ich werde über alles recherchieren und darüber schreiben.

Als Oma mich antippt, weil das Anschnallsignal aufleuchtet, spiele ich die Verschlafene. Dabei habe ich gerade eine Eins-a-Themenliste erstellt:

- Ewige Liebe – gibt's so was überhaupt?
- Sind Zweierbeziehungen eine natürliche Lebensform?
- Treue – was bringt sie der Evolution?
- Verliebt von jung bis uralt – eine Seltenheit?
- Wie viel Streit erträgt eine Partnerschaft?

Bei der letzten Frage denke ich ausnahmsweise nicht an Nick und mich, sondern an Mum und Paps. Oma Lydia behauptet zwar, eine kleine Krise sei nicht bedenklich, aber meine Eltern verhalten sich in letzter Zeit **beide** so seltsam (nicht mehr nur Paps), dass ich alles andere als beruhigt bin. Irgendwas ist da im Busch. Wenn ich nur wüsste, was es ist? Was, wenn sie sich am Ende doch trennen? Andererseits haben sie sich in den letzten Tagen kaum noch gestritten – eigentlich seit der Versöhnungspizza nicht mehr. Hey, vielleicht gibt es künftig öfter Fertiggerichte bei uns daheim? Wenn's der Harmonie dient …

14

Christkind!

Oder: Es gibt doch noch echte Weihnachtsüberraschungen!

»MERRRRRRY CHRRRRRRISTMAS!«, ruft Nick mit übertrieben gerolltem R, um den schottischen Akzent zu imitieren. Er trägt einen grünen Strickpulli und auf dem Kopf eine dieser lustigen Weihnachtsmannmützen in Rot und Weiß. Total verrückt, ihn so klar vor mir zu sehen und doch zu wissen, dass er zwei Flugstunden entfernt ist.

»Frohe Weihnachten! Super Idee, mal zu *skypen*«, erwidere ich, als wäre es das Selbstverständlichste der Welt. Dabei hatte ich größte Bedenken, ob ich das überhaupt hinkriege. Jill hat mir geholfen, die *App* auf meinem Smartphone zu installieren, und mir genau gezeigt, wie es funktioniert.

»Wir *skypen* ziemlich oft mit unseren Verwandten in Schweden, das ist megapraktisch«, lautete ihre Erklärung dafür, warum sie ausnahmsweise in technischen Dingen mal fitter ist als ich.

Und jetzt sitze ich am Morgen des Heiligabends in meinem

Zimmer und rede von Angesicht zu Angesicht mit Nick. Ganz egal, was ich nachher bei der Bescherung auspacken darf – dies hier bleibt garantiert das schönste Geschenk. Ich darf ihn bloß nicht zu offensichtlich anhimmeln, denn das wäre wohl das unrühmliche Ende unserer Kumpelfreundschaft. Und obwohl es mir eine Milliarde Mal lieber wäre, wenn die Schottlandreise mir bewiesen hätte, dass Oma recht hat und Nick tatsächlich in mich verliebt ist, finde ich diese Art von Beziehung immer noch besser als gar keine.

»Und was habt ihr so vor?«, will Nick wissen.

»Gleich schmücken wir den Christbaum«, berichte ich, »das heißt: Tessa schmückt ihn, während Levin und ich ihr assistieren. Weiter oben kommt sie ja nicht selbst dran. Deshalb kommandiert sie uns herum wie eine Sklaventreiberin und dirigiert, welche Kugel und welchen Stern wir wohin hängen sollen. Und weil ja Weihnachten ist, müssen wir gute Miene zu bösem Spiel machen, damit es keinen Stunk gibt.«

Nick lacht sich halb schief, als er sich das vorstellt, und meint, es täte Tessa offenbar nicht gut, das Nesthäkchen zu sein. Da könnte er recht haben.

»Am Nachmittag kommen dann Elin und Jill, die mit uns zusammen feiern«, erzähle ich weiter. »Und wie feierst du Heiligabend?«

»Meine Eltern besuchen mich über die Weihnachtstage und fliegen von hier aus dann weiter in Skiurlaub!«

»Cool«, freue ich mich mit ihm. »Wann kommen sie denn?«

»Schon in einer Stunde. Darum wird es langsam Zeit,

mich auf den Weg zu machen, ich will sie nämlich vom Bus abholen.«

Meine Enttäuschung darüber, dass das heiß ersehnte Gespräch so kurz ist, versuche ich mir nicht anmerken zu lassen. Ich wünsche Nick viel Spaß mit seinen Eltern, und er schlägt vor, nächste Woche ausführlicher zu *skypen*. Sofort bin ich versöhnt, denn jetzt habe ich ja wieder etwas, worauf ich mich freuen kann.

Es ist noch Zeit bis zum Baumschmücken. Ich beschließe, meinen Blogleserinnen einen Weihnachtsgruß zu schreiben:

MERRY CHRISTMAS

Ich wünsche euch alles Gute zum »Fest der Liebe«. Habt ihr euch jemals gefragt, warum Weihnachten so genannt wird? Und warum sich dann so viele Leute ausgerechnet an den Feiertagen streiten? Na ja, ich hoffe, bei euch wird das nicht der Fall sein – und bei mir zu Hause auch nicht. Macht's gut, lasst euch schön beschenken, und genießt das leckere Festessen! Wir hören nach Weihnachten voneinander – ich freu mich drauf.
Eure Jette V.

Dann fahre ich den Laptop herunter und gehe ins Wohnzimmer. Dort liegt schon alles bereit: die Kartons mit den Kugeln, die Lichterketten, die Schnitzfiguren aus dem Erzgebirge, die selbst gebastelten Strohsterne.

Levin ist auch startklar. »Na endlich«, murrt er, »du kannst mich doch mit der kleinen Nervensäge nicht allein lassen!«

»Oh, du Ärmster«, necke ich ihn, »ich hatte ganz vergessen, dass du dich gegen kleine Mädchen nicht wehren kannst.«

Eine Stunde später ist der Christbaum fertig geschmückt – etwas eigenwillig zwar, aber war das bei einer Chefdekorateurin wie Tessa anders zu erwarten?

»Wir machen einen Motto-Baum«, hat sie verkündet, »und das Motto lautet: Vier Jahreszeiten! Wie die Pizza, nur ohne Paprika und Schinken.«

Und nun haben wir also einen Baum, der unten rechts mit Kugeln geschmückt ist, unten links mit Schnitzfiguren, oben rechts mit elektrischen Kerzen und oben links mit Strohsternen. Sieht ziemlich **gewöhnungsbedürftig** aus, aber die Jungdesignerin ist hochzufrieden.

Kaum sind wir fertig, kommen auch schon Jill und Elin, die eine große Auflaufform dabeihaben.

»*God Jul*«, begrüßen sie uns – und das heißt »Frohe Weihnachten« auf Schwedisch.

Dann essen wir alle gemeinsam ihr Gratin aus Kartoffelstäbchen, Zwiebeln und Anchovisfilets, das sich *Janssons frestelse* nennt – *Janssons Versuchung*. Wer auch immer dieser Jansson sein mag, er hat wirklich Glück, dass so ein superleckeres Gericht nach ihm benannt worden ist und nicht etwa irgendwelche Körner-Gemüse-Bratlinge.

»Boah, bin ich satt«, stöhnt Paps, der dreimal Nachschlag genommen hat. »Wir wollten doch nur eine Kleinigkeit zum Mittag essen, damit wir nachher noch Appetit auf Raclette haben. Und jetzt platze ich fast!«

»Es hat dir ja niemand gesagt, dass du dir deinen Bauch

dermaßen vollschlagen sollst«, grinst Mum. »Da bleibt dir wohl nichts anderes übrig, als eine große Runde mit Burki zu drehen, um die Kalorien zu verbrennen, sonst bekommst du auch noch einen dicken Bauch.«

Paps lacht sich halb schief, als hätte Mum gerade einen superwitzigen Scherz gemacht. Sie kichert ebenfalls, und ich kann mich mal wieder nur wundern, was für einen **seltsamen Humor** die Erwachsenen haben.

Tatsächlich verschwindet Paps mit Burki hinaus in die Kälte, während wir anderen die Weihnachtsfolge von *Michel aus Lönneberga* anschauen. Das machen wir jedes Jahr.

Anschließend spielen Jill und Levin mit Tessa *Das verrückte Labyrinth*, und ich helfe Mum und Elin dabei, das Gemüse, die Würstchen und die Pilze für das Raclette klein zu schneiden. Dabei laufen im Radio die größten Weihnachtshits aller Zeiten. Wir singen laut *White Christmas* mit, und genau in dem Augenblick kommt Oma hereingeschneit – im wahrsten Sinne des Wortes. »Bis morgen früh ist alles weiß«, verkündet sie, »draußen fallen dicke Schneeflocken!«

Es wird schon langsam dunkel, als Paps mit Burki zurückkommt. »So, jetzt ist *Janssons frestelse* vollständig verdaut, und mein Magen knurrt. Wann gibt es Raclette?«

»Ist schon so gut wie fertig«, grinst Mum, und ich bin erleichtert: Es sieht nicht danach aus, als würden die beiden sich heute Abend streiten. **Ein Glück!** Ich glaube, so langsam haben sie ihre blöde Ehekrise überwunden.

Eine Viertelstunde später sitzen wir alle um den großen Esszimmertisch herum. Obwohl das Feuer im Kamin knistert, überläuft mich gerade eine Gänsehaut, denn es ist so herrlich weihnachtlich, dass ich ganz gerührt bin. So viele waren wir noch nie an Heiligabend – und so schön war es auch noch nie.

Schade nur, dass wir erst nach dem Essen Bescherung machen. Ich bin zwar schon vierzehn, aber trotzdem kann ich die aufkommende Spannung nicht unterdrücken: Was werde ich wohl bekommen? Und werden sich die anderen über meine Geschenke freuen? Ich habe mir riesige Mühe gegeben, für jeden etwas Passendes zu finden: Mum kriegt ein Buch über gesundes Fast Food, Paps eine DVD über die Gefahren auf hoher See, im Dschungel und im ewigen Eis, Oma einen orange-blau gestreiften Loop-Schal, den ich selbst gestrickt habe, Elin ein Entspannungsbad und dazu passende Körpercreme, Tessa ein Spiel, bei dem man Kopfrechnen üben kann, Levin die neue *Sido*-CD und Jill ein Buch mit dem Titel *Zimtschneckenküsse*, in dem die Heldin ihre Ferien in Stockholm verbringt und sich dort verliebt.

Zum Glück hat Omas Raclette-Gerät exakt acht Pfännchen, denn genau so viele Leute sind wir heute Abend. Ich schiebe gerade mein Pfännchen hinein, als Oma eine Flasche Rotwein für die Erwachsenen öffnet.

»Wir müssen doch meinen Abschied feiern«, sagt sie.

Sofort vergeht mir der Appetit. Bisher ist es mir ganz gut gelungen, zu verdrängen, dass Oma schon in wenigen Tagen den Abflug macht. Als ob das ein Grund zum Feiern wäre …

Paps springt auf und holt acht Weingläser aus dem Schrank. Sogar Tessa, Levin, Jill und ich bekommen welche – allerdings mit rotem Traubensaft statt mit *Merlot*.

»Jetsss hasss du dich aber verssählt«, stellt Elin fest, die offenbar genau aufgepasst hat. »Dasss ssind fünf Glässser mit Ssaft und nur drei mit Wein.«

»Schon okay«, sagt Mum schnell und greift nach einem Saftglas. »Macht mir nichts aus.«

»Bisss du ssicher?«, hakt Elin nach.

»Klar, ist kein Problem«, behauptet Mum und fächelt sich Luft zu. »Leute, das Raclette-Gerät ist ja der reinste Backofen. Hier ist es heiß wie in einer Sauna!« Tatsächlich hat sie ein ganz rotes Gesicht. Seltsam – wir haben das Gerät doch eben erst eingeschaltet, ich finde es noch nicht besonders warm.

Beim Essen amüsieren wir uns alle über die Geschichte, wie Tessa kurz vor den Ferien ihren Mitschülern verraten hat, dass es weder das Christkind noch den Weihnachtsmann gibt und wie sie damit einen kollektiven Heulanfall verursacht hat.

»Kann ich ja nicht wissen, dass das alles solche **Babys** sind«, verteidigt sich Tessa.

Daraufhin müssen alle nur noch mehr lachen, und sie selbst am allerlautesten.

»Die Klassenlehrerin hat deswegen extra angerufen«, erzählt Paps und wischt sich die Lachtränen aus den Augen. »Sie war völlig verzweifelt, weil die anderen Eltern sich beschwert haben, und sie hat ernsthaft gefragt, woher Tessa denn schon **Bescheid weiß**. Als ob das ein Staatsgeheimnis und Tessa eine *Whistleblowerin* wäre. Ich habe geantwortet, dass ihr das wohl der Osterhase verraten haben muss. Das fand die Lehrerin gar nicht lustig.«

Wir anderen finden es sogar oberlustig.

Urplötzlich springt Mum auf und rennt ins Bad. Wenig später kommt sie leichenblass zurück. Ist ihr etwa vom Essen schlecht geworden? Aber die Sachen sind doch alle ganz frisch und superlecker!

»Eva-Kind, das ist ja mal eine schöne Neuigkeit!«, sagt Oma Lydia grinsend. »Wann wolltest du es uns denn verraten?«

Was denn verraten? Und warum ist es eine schöne Neuigkeit, dass Mum an Heiligabend krank geworden ist? Ich verstehe gerade die Welt nicht mehr. Denn nicht nur Oma scheint sich zu freuen, sondern auch Elin, und am allermeisten strahlt Paps.

»Na ja«, meint er, »wir wollten uns die Überraschung ja eigentlich für später aufheben, aber jetzt hat Eva sich wohl selbst verraten.«

Ich kapiere gar nichts. Levin und Tessa schauen genauso verständnislos aus der Wäsche. Nur Jill scheint allmählich ein Licht aufzugehen.

»Eva, willst du es erzählen?«, lächelt Papa und greift zärtlich nach Mums Hand. Sie will direkt Luft holen und loslegen, als Paps es nicht länger aushält und doch selbst mit der Neuigkeit herausplatzt: »Wir bekommen ein Christkind!«

Ähm – haben wir nicht vor wenigen Minuten darüber gesprochen, dass es gar kein Christkind gibt? Das weiß ja sogar Tessa, denn sie ist schließlich kein Baby mehr …

Moooment!

»Ein **Christkind**? Bedeutet das etwa, wir kriegen ein Geschwisterchen?«

Mum nickt, lächelt glücklich und nippt an ihrem Saft –

jetzt ist mir auch klar, warum Paps ihr keinen Wein eingeschenkt hat. Alkohol würde dem Baby schaden. Und dass ihr eben schlecht geworden ist, liegt nicht am Essen, sondern an ihrer Schwangerschaftsübelkeit. Ich verstehe …

Nun gibt es kein Halten mehr. Alle jubeln und springen auf, um Mum zu umarmen und zu gratulieren.

»Hurra, endlich bin ich nicht mehr die Kleinste!«, kräht Tessa, die es kaum erwarten kann, bis sie eine große Schwester wird: »Wann kommt das Baby denn?«

»Im Sommer«, sagt Paps.

»Und was wird aus deinem Segelschein? Und deiner Alpenüberquerung per Fahrrad?«, neckt Oma Lydia ihn.

»Hinfällig«, erklärt er gut gelaunt. »Ich werde einfach ein Jahr Erziehungsurlaub machen, das ist die perfekte Auszeit vom Amt – und ich kann gleichzeitig mehr Zeit mit der Familie verbringen.«

Wie genial ist das denn?!

Ich muss grinsen, als mir einfällt, dass das Baby noch vor seiner Geburt geschafft hat, was Paps' Therapeut nicht hinbekommen hat: Jetzt hat er etwas, worauf er sich so richtig freuen kann, und schon ist die blöde Krise vergessen. Und dank des Erziehungsurlaubs muss er auch ein ganzes Jahr lang nicht zu seinem schnarchigen Amt fahren. Wobei ich wetten möchte, dass es ihm irgendwann sogar fehlen wird und er sich dann darauf freut, wieder arbeiten gehen zu dürfen.

»Du wirsss ssehen, eine Familie mit vier Kindern isss sowieso Abenteuer genug«, sagt Elin, woraufhin Paps sie freundschaftlich in die Seite boxt. Dann gibt er Mum einen Kuss auf den Mund, und ich muss mir verstohlen eine Träne abtupfen, weil ich irrsinnig gerührt bin. Wir sind schon eine durchgeknallte Familie. Aber die beste, die ich mir vorstellen kann!

Als ich ein paar Stunden später im Bett liege und vor lauter Aufregung nicht einschlafen kann, schreibe ich Nick eine *WhatsApp*-Nachricht. Natürlich muss ich ihm die große Neuigkeit mitteilen.

Das Smartphone fängt an zu vibrieren und reißt mich aus meinen Gedanken. Nick hat geantwortet:

Hi Henriette, was für krasse News! Weißt du – Einzelkind zu sein hat zwar viele Vorteile, aber bei euch fand ich es immer gerade deshalb so nett, weil ihr mehrere Kinder seid. Und bald sogar vier, das ist ziemlich cool. Das war bestimmt ein ganz besonders tolles Weihnachtsgeschenk!

Ja, das war es. Noch schöner hätte es nur sein können, wenn auch Nick dabei gewesen wäre. Vielleicht wird er mich allein schon wegen des Babys demnächst öfter besuchen? Und wer weiß – vielleicht verliebt er sich dann mit der Zeit wieder in mich? Das kann ich ihm natürlich nicht schreiben, sonst hält er mich womöglich für übergeschnappt. Stattdessen antworte ich:

Heute war der Tag der schönen Überraschungen. Neulich noch dachte ich, Mum und Paps lassen sich womöglich scheiden. Stattdessen halten sie jetzt ganz verliebt Händchen und strahlen sich an. Endlich weiß ich, warum Weihnachten auch »das Fest der Liebe« genannt wird.

Danach kommt keine Reaktion mehr von Nick. Bestimmt ist er eingeschlafen. Und ich bin auch schon halb weggedämmert …

15

Punktlandung

Oder: Erst bin ich sprachlos – und dann wunschlos glücklich

VIEL SCHNELLER, als mir lieb ist, kommt der Tag des Abschieds. Heute fliegt Oma nach La Gomera – und ich sehe sie erst im Frühling wieder. Ich könnte heulen, wenn ich nur dran denke!

Beim Frühstück bekomme ich keinen Bissen herunter.

»Ach, Henriettchen, jetzt mach nicht so ein Gesicht«, versucht Oma Lydia mich aufzumuntern und zieht eine alberne Grimasse, die mich zum Lachen bringen soll. Gelingt ihr aber **nicht**.

»Tut mir leid, Mama, wir hätten dich ja gern zum Flughafen gebracht, aber wir haben doch diesen Ultraschalltermin«, sagt Mum, die ganz nervös hin und her flitzt, als ob sie diejenige wäre, die in den Süden fliegt, und nicht Oma.

Oma dagegen ist die Ruhe selbst und genehmigt sich genüsslich ein zweites Marmeladenbrötchen. »Ach, Eva-Kind, macht euch um mich keine Sorgen. Ich bin schon verreist, lange bevor du geboren wurdest – und ich krieg das auch diesmal wieder hin. Es gibt ja die Straßenbahn.«

Jetzt muss ich doch ein bisschen grinsen.

»Eva, bist du so weit?«, fragt Paps, der bereits im Mantel ist.

»Hetz mich nicht«, stöhnt Mum. »Unser Termin ist erst in einer Stunde – selbst wenn wir in einen Stau kommen, werden wir überpünktlich bei der Gynäkologin sein.«

»Was ist eine **Gynogolin**?«, will Tessa sofort wissen.

»Eine Frauenärztin, die aufpasst, dass das Baby in Mamis Bauch gesund ist«, erklärt Paps in seinem Märchenonkelton.

»Da soll ein Baby drin sein? Aber das passt da doch niemals rein!«, staunt Tessa.

»Es ist ja im Moment auch noch nicht viel größer als ein Gummibärchen«, erläutert Mum.

Der Blick meiner kleinen Schwester ist unbezahlbar: **Unser neues Baby ist ein Gummibärchen???** Darüber muss ich nun wirklich laut lachen. Und Oma grinst ebenfalls breit.

Bevor ich wieder mein griesgrämiges Gesicht aufsetzen kann, legt Oma den Kopf schief und fragt mich: »Und was ist mit dir? Willst du mich zum Flughafen begleiten?«

Geniale Idee!

»Na klar«, strahle ich. »Unbedingt!«

Tessa bekommt zwar einen Tobsuchtsanfall, weil sie weder mit zur »Gynogolin« darf noch mit zum Flughafen, sondern zu Hause bei Levin bleiben soll, aber diesmal bekommt sie ihren Willen nicht.

»Bald bist du eine große Schwester, da musst du lernen, ein bisschen vernünftiger zu werden«, tadelt Mum.

Vermutlich dämmert der kleinen Nervensäge genau in diesem Augenblick, dass es auch Nachteile haben könnte, nicht mehr die Jüngste in der Familie zu sein …

Wenig später machen Oma Lydia und ich uns auf den Weg. Sie zieht einen riesigen, fliederfarbenen Trolley hinter sich her und als Handgepäck hat sie einen Shopper mit der Aufschrift *Elvis has left the Building* dabei, was wohl ein Kultspruch von anno dazumal ist.

Die Schlange am Check-in-Schalter des Flughafens ist leider nicht besonders lang. Wenn es nach mir ginge, hätte es ewig dauern können, bis Oma abgefertigt ist.

»Ich könnte noch einen Espresso vertragen«, meint sie. »Hast du Lust auf eine heiße Schokolade mit Sahne?«

Ich würde sogar einen Kamillentee ohne Zucker trinken, den ich eigentlich total verabscheue, wenn das den Abschied von Oma Lydia hinauszögern könnte.

Doch irgendwann sind unsere Tassen leer, und wir gehen in Richtung *Gate*. Weiter kann ich nicht mitkommen, denn durch die Sicherheitskontrolle darf man nur mit einem gültigen Ticket.

Jetzt wird's wohl ernst.

Oma umarmt mich, und ich bereue schon, überhaupt mitgekommen zu sein – ich kann mir kaum was Peinlicheres vorstellen, als mitten auf dem Flughafen einen Heulkrampf zu kriegen.

»Ich hab hier noch was für dich«, sagt Oma Lydia und steckt mir ein Briefchen zu.

»Für Henriette« steht auf dem Umschlag. Sofort reiße ich ihn auf. Es ist ein handgeschriebener Brief, und darin steht:

Meine liebe Henriette,
glaub mir, auch du wirst mir fehlen.
Es ist ein großes Glück für mich, dass ich so nah bei euch wohnen darf und Tag für Tag miterleben kann, wie Evas Kinder groß werden.
Bald kommt ein weiteres Baby auf die Welt. Mein viertes Enkelkind!
Ich habe euch alle gleich lieb, so wie sich das für eine gute Oma gehört. Doch wenn ich dich sehe, fühlt sich das an, als würde ich in einen Spiegel schauen, der mich zurück durch die Jahrzehnte beamt.
Vielleicht wunderst du dich manchmal, ob ich womöglich Gedanken lesen kann. Ein bisschen tue ich das sogar – allerdings nur deshalb, weil es meine eigenen sind, die ich vor fünfzig Jahren hatte. Natürlich gab es damals noch kein Internet, keine Blogs, und ich war mit vierzehn auch keine Autorin. Aber ich habe trotzdem über dieselben Dinge nachgedacht wie du.
Bestimmt wirst auch du dich noch daran erinnern, wie du dich mit vierzehn gefühlt hast, wenn du einmal mit deiner Enkelin auf einem Sofa sitzt, Eisbecher löffelst und über die Liebe mit all ihren Risiken und Nebenwirkungen plauderst.
Und vielleicht fliegst auch du dann im Winter in den Süden, weil dir im kalten Deutschland die Knochen schmerzen und deine Bronchien streiken.

Trotzdem wirst du das Frühjahr kaum erwarten können, wenn du deine Enkelin wieder in die Arme schließen kannst. Ich könnte drauf wetten ... und ich hab dich lieb!
Deine Oma Lydia

»Jetzt hast du mich doch zum Heulen gebracht«, sage ich, als ich aufblicke.

Ähm – wo ist Oma denn bloß? Ich habe zwar Tränen in den Augen, aber blind bin ich deswegen noch lange nicht. Suchend drehe ich mich um meine eigene Achse, entdecke sie allerdings nirgends.

»Huhu, hier bin ich!«, höre ich sie rufen.

Ich fahre herum und sehe Oma hinter der Absperrung, von wo aus sie mir fröhlich zuwinkt.

Verflixt! Sie hat mich ausgetrickst ...

Ich bringe es nicht übers Herz, gleich wieder nach Hause zu fahren. Deshalb beschließe ich, auf dem Flughafengelände zu bleiben, bis Omas Flieger gestartet ist.

Ich schaue durch die große Glasfassade hinaus und beobachte alle Maschinen, die starten und landen. Welche davon wohl gerade mit Oma Lydia an Bord in Richtung La Gomera abhebt? Sicherheitshalber winke ich allen zu. Natürlich möglichst unauffällig – nicht, dass man mich für kindisch und durchgeknallt hält.

Obwohl Omas Brief mich wirklich sehr gefühlsduselig gemacht hat, verstehe ich sie jetzt besser. Mir ist klar, dass sie mich nicht im Stich lassen will und sich genauso auf das Wiedersehen im Frühling freut wie ich. Aber was nützt mir das? Oma Lydia wird mir trotzdem fehlen. Und ich werde sehr einsam sein … Mit Jill vertrage ich mich zwar wieder, und wir unternehmen inzwischen auch wieder mehr zusammen, doch natürlich verbringt sie mehr Zeit mit dem Badezimmerblockierer als mit mir. Und Nick … Der kommt zwar in zwei Wochen zurück nach Deutschland, aber er ist logischerweise der Letzte, mit dem ich mich über mein Gefühlschaos unterhalten könnte. Bleibt nur noch Burki.

Vielleicht hat es ja sogar Vorteile, mehr Zeit für mich allein zu haben? Ich meine – könnte doch sein. Schließlich heißt es, jede noch so unschöne Sache hätte auch eine positive Seite, man müsse sie nur entdecken.

Ich glaube, darüber sollte ich mal bloggen. Ernsthaft: Gibt es nicht *Dinge, die als Single mehr Spaß machen als zu zweit*? Genau, das wird meine Überschrift. Und welche Beispiele könnte ich auflisten?

Einradfahren, fällt mir spontan ein. Wobei das natürlich Käse ist. Als Pärchen könnte man ja auch nebeneinander auf zwei Einrädern fahren.

Okay, weiterüberlegen. Was ist mit: den Lieblingsfilm in Endlosschleife gucken? Ja, das ist gut. Kein Freund der Welt würde es aushalten, wenn ich *Gorillas im Nebel* an einem Wochenende gleich mehrmals mit ihm anschauen möchte.

Was gibt es noch? Stundenlang in Ruhe lesen, träumen, faulenzen. Das ist schließlich immer gut.

Spontan sein – ja, als Single muss man sich nie mit jemandem absprechen, wenn man mal ins Schwimmbad gehen will oder ins Kino oder zum Shoppen. Allerdings macht das allein auch nicht besonders viel Spaß …

Nachdenklich schaue ich auf die Uhr. Laut Plan müsste Omas Flieger längst weg sein. Auf der Anzeigetafel wird er auch nicht mehr genannt. Seufzend mache ich mich auf den Weg zum Ausgang, noch immer darüber grübelnd, was das Alleinsein vielleicht für Vorteile haben könnte. Bisher hat mich nämlich nichts auf der Liste so wirklich überzeugt.

»Hey, pass doch auf!«

Ooops, da hätte ich fast jemanden umgerempelt. »Oh, sorry, ich war total … **Niiiick?!**«

Ich traue meinen Augen nicht. Entweder hat mein ziemlich bester Exfreund einen Doppelgänger, oder er ist es leibhaftig, und das volle zwei Wochen vor seiner geplanten Rückkehr.

»Henriette! Was machst du denn hier?«, erwidert er mindestens ebenso verwirrt.

Okay – kein Doppelgänger. Aber trotzdem irgendwie irreal. Wie eine optische Täuschung. Oder ein wahr gewordener Wunschtraum … Na ja, **nicht ganz**. Der Traum beinhaltet ja noch ein paar kleine, aber entscheidende Details, zum Beispiel **Gefühle**.

Nicks auffordernder Blick katapultiert mich wieder ins Hier und Jetzt zurück. Stimmt ja, er wartet noch immer auf eine Antwort.

»Oma Lydia ist eben abgeflogen«, erkläre ich, »und vor dir steht das Verabschiedungskomitee. Und warum bist du schon wieder zurück? Hattest du Heimweh?« Ein bisschen Gefrotzel ist immer gut, um die wahren Emotionen zu verbergen.

»Mein Rückflug wurde vorverlegt, weil für den eigentlichen Reisetermin ein Fluglotsenstreik angekündigt wurde. Das kam allerdings alles ganz plötzlich, und blöderweise kann mich jetzt auch niemand vom Flughafen abholen – meine Eltern sind nämlich noch bis dritten Januar in der Schweiz im Skiurlaub.«

»Das ist ja doof. Du kommst natürlich mit zu uns!«, entfährt es mir. Manchmal rede ich, ohne vorher nachzudenken. Hoffentlich fühlt sich Nick jetzt nicht überrumpelt.

»Ernsthaft?«

»Na klar – du wirst doch nicht ganz allein zu Hause sein wollen, und das auch noch über Silvester. Das wär ja total öde.« Ich hoffe, es fällt ihm nicht auf, wie aufgeregt ich auf einmal bin. Himmel – wie soll ich es bis dritten Januar unter einem Dach mit Nick aushalten, ohne dass ihm klar wird, wie es um mich steht? Und wenn er dann geschnallt hat, dass ich nach wie vor verknallt bin, bekommt er bestimmt wieder Klammer-Panik …

»Stimmt, darauf hätte ich, ehrlich gesagt, überhaupt keine Lust. Aber die Alternative wäre, meine schreckliche Großtante in Brandenburg zu besuchen, bis meine Eltern zurück sind. Dann wäre ich lieber allein, echt!«

»Oder du ziehst ins *Hotel Vogelsang*«, wiederhole ich mein Angebot trotz aller Bedenken. Hoffentlich wirkt das jetzt nicht zu aufdringlich.

»Das wäre super«, meint er lächelnd, und ich atme auf. Alles gut. Ich dachte schon …

»Und du bist sicher, dass deinen Eltern das auch recht ist?«

»Klaro!«, behaupte ich, aber in meinem Hinterkopf höre ich schon, wie Mum den Familienrat einberuft, weil ich das eigenmächtig über ihren Kopf hinweg entschieden habe. Daher ergänze ich sicherheitshalber: »Na ja, wenn du darauf bestehst, rufe ich sie mal eben an und kläre es ab.«

Ich erreiche Paps auf dem Handy. Er hört mir gar nicht richtig zu, sondern erzählt mir dauernd was von **Gummibärchen** und **Herzschlägen**. Ich kapiere zuerst gar nicht, worum es geht, dann fällt mir ein, dass er mit Mum bei der Frauenärztin war und wohl noch ganz euphorisch ist, da er gerade das Ultraschallbild des Babys gesehen hat.

»Nick ist früher als geplant nach Deutschland zurückgeflogen. Ist es okay, wenn er bei uns bleibt, bis seine Eltern aus dem Skiurlaub wieder da sind?«, frage ich, als ich endlich zu Wort komme. Dass es sich dabei um eine knappe Woche handelt, erwähne ich wohlweislich nicht. So, wie ich es formuliert habe, könnte man glauben, Nicks Eltern würden im Laufe des Nachmittags eintrudeln. Aber behauptet habe ich das natürlich nie! Was kann ich dafür, wenn Paps nicht ganz bei der Sache ist und nicht einmal nachfragt? Eben.

»Geht klar, hat er gesagt«, informiere ich Nick und schnappe mir seinen Rucksack, denn er ist mit Trolley, Seesack und Laptoptasche ohnehin schon beladen wie ein Lastesel. »Wollen wir?«

Mum guckt zwar etwas verblüfft, als wir mit dem vielen Gepäck zu Hause aufkreuzen, doch Nicks Bernsteinaugen mit den langen Wimpern können offenbar auch schwangere Vierzigjährige hypnotisieren – jedenfalls ist ihre gerunzelte Stirn in null Komma nix wieder glatt wie ein Babypopo.

»Natürlich bist du bei uns herzlich willkommen«, sagt sie, nachdem er ihr die Sache mit dem vorverlegten Flug und dem Skiurlaub seiner Eltern erklärt hat, und ich bin ihr dankbar, dass sie keine Fragen über den Stand unserer Freundschaft stellt. »Das Bett im Gästezimmer ist frisch bezogen.« Dann schaut sie auf die Uhr. »In einer Viertelstunde gibt's Essen. Ich hoffe, du magst Döner.«

Ich hör wohl nicht recht! »Hast du gerade **Döner** gesagt?«

»Da hatte ich eben Lust drauf. Papa ist gerade losgefahren, um welche zu holen.«

Lust auf Döner? Wenn das Mums Schwangerschaftsgelüste sind, hätte ich gerne noch einen ganzen Stall voller Geschwister!

Als Levin und Tessa nach einem Gassigang mit Burki nach Hause kommen, liegt bereits der köstliche Duft nach gebratenem Fleisch, pikanten Gewürzen, leckerem Fladenbrot, frischem Krautsalat und geschmolzenem Schafskäse in der Luft. Die beiden stürzen sofort in die Küche und reißen die Augen auf, als gäbe es dort einen sprechenden Schimpansen zu bestaunen.

»Döner? Krass! Her damit!«, johlt mein Bruderherz. Erst da registriert er den Gast: »Hey, Nick. Wie war Schottland?« Darüber, ihn hier zu sehen, scheint er sich kein bisschen zu wundern. Entweder ist mein Bruderherz taktvoller, als ich es ihm zugetraut hätte, oder einfach nur gleichgültig. Könnte beides zutreffen.

»Cool – in jeder Hinsicht«, lautet die Antwort.

Dann redet keiner mehr etwas, denn alle genießen schweigend.

Nach dem Essen legt sich Mum ein bisschen hin, während Paps mit Tessa ins Kino geht und Levin Jill besucht.

Nick und ich räumen den Tisch ab. Dabei erzählt er von Schottland und ich von meinem Streit mit Jill, unserer Versöhnung, der Geburtstagsparty und dem neuesten Tratsch aus der Schule.

Als wir fertig sind, gehen wir in mein Zimmer. Ich kann es kaum glauben, dass Nick leibhaftig neben mir sitzt. Seit Monaten träume ich davon, ihm so nah zu sein, und jetzt, da es so weit ist, fühle ich mich … befangen.

In meinen Tagträumen wusste ich immer, was ich als Nächstes sagen soll. **Jetzt ist das völlig anders.** Schlimmer noch als bei unserem Wiedersehen in Edinburgh, wo mir wenigstens eine Eisbrecher-Frage eingefallen ist. Diesmal ist es Nick, der das Schweigen bricht, bevor es peinlich wird.

»Ich hab dir was mitgebracht«, sagt er. »Moment.« Er springt auf und flitzt hinaus, um wenig später mit seinem Rucksack wiederzukommen, aus dem er ein hübsch verpacktes Geschenk hervorzieht.

»Für mich?« Ich bin total überrascht. Und noch erstaunter bin ich, als mir Nick kurzerhand zwei weitere Päckchen überreicht.

Als Erstes öffne ich das größte davon. Es fühlt sich weich an. Ist es vielleicht ein Schal? Nein, ein Kuschelkissen! Es ist weich und schön grün – nette Idee.

»Du musst es umdrehen«, grinst Nick. Als ich es tue, stockt mir fast der Atem: Das Fotoprint-Motiv der Vorderseite zeigt unser Selfie aus Edinburgh!

»Keine Sorge, ich habe den Bildausschnitt so gewählt, dass niemand das Castle im Hintergrund erkennt«, erklärt Nick, offensichtlich hochzufrieden mit der Wirkung seines Geschenks.

»Das … das ist genial!«, stottere ich. »Danke – ich freu mich riesig.« Am liebsten würde ich Nick zum Dank umarmen, das wage ich bloß irgendwie nicht …

Beim nächsten Geschenk bin ich auf alles gefasst. Denke ich. Aber als ich sehe, was es ist, muss ich schlucken. Es ist zwar nur ein handgeschriebener Gutschein, doch der haut mich glatt um.

»Eine Kinoeinladung ins *Roxy*? Großer Eimer Popcorn inklusive?«, lese ich ungläubig vor. Das kann ja wohl kein Zufall sein. Das *Roxy* ist das Kino, in dem es vor anderthalb Jahren zwischen uns gefunkt hat …

Und was noch verrückter ist: **Beide Geschenke standen auf meiner Liebesbeweise-Liste, die ich im Sommer kurz vor dem verunglückten Jahrestag gebloggt habe.**

Heißt das etwa, dass er mich …

Mooooment! In allererster Linie heißt das ja, dass er mein neues Blog entdeckt hat.

»*Jette V. berichtet live vom schönsten Gefühl der Welt*«, murmele ich erschrocken vor mich hin. »Wie hast du die Seite gefunden?«

»War nicht schwer«, meint Nick. »Dein Pseudonym kannte ich ja. Und als du an Heiligabend gesagt hast, du würdest deinen Blogleserinnen einen Weihnachtsgruß schreiben, bin ich neugierig geworden. Das Blog, aus dem dein Buch entstanden ist, wurde schon lange nicht mehr aktualisiert. Und der letzte Beitrag war ein Link zu *Liebe für Anfänger.*«

Ich bin sprachlos.

In meinem Kopf dreht sich alles.

Dann kristallisiert sich aus dem Chaos, das durch meinen Kopf schwirrt, ein klarer Gedanke heraus: Er weiß alles!

Alles über meinen großen Liebeskummer, meine verflixte Eifersucht, meine Gedanken zum Schlussmachen, meine Sehnsucht und überhaupt …

Hilfe!

»Was ist los? Freust du dich nicht?« Nick wirkt auf einmal völlig verunsichert.

»Und wie ich mich freue!«, versichere ich ihm. »Aber … na ja. Ich fühle mich durchschaut … Jetzt kennst du meine geheimsten Gefühle.«

»Ich bin froh, dass ich sie kenne«, sagt Nick.

»Ist doch voll peinlich …«

»Ja, megapeinlich. Mir«, erklärt er.

»Dir?«

»Na ja. Ich hab mich ziemlich mies verhalten im Sommer. Und … Ach, pack doch erst mal das dritte Geschenk aus.«

Seine Bernsteinaugen bringen mich mal wieder voll aus dem Konzept. Dann siegt die Neugier. Was in aller Welt stand noch auf dieser Liste, die ich damals gebloggt habe? Das ist schon so lange her …

»Nick! Oh, wie schön …«, hauche ich völlig verzückt. Es

ist die Silberkette mit Herzanhänger. **Der Hammer!** Richtig sprachlos macht mich die Gravur: »H + N« steht da.

»In Schottland hatte ich viel Zeit zum Nachdenken«, sagt Nick. »Und mir ist klar geworden, dass ich ein Armleuchter war. Und dass mit dir Schluss zu machen das Dämlichste war, was ich je getan habe. Ich habe mich sogar danach gesehnt, dass du mich beim Fußballspielen anfeuerst.«

Ich bin wie vom Donner gerührt. Träume ich etwa?

»Jetzt hab ich dich überrumpelt«, meint Nick und steht auf. »Vielleicht gehe ich besser mal raus, damit du dir überlegen kannst, ob du überhaupt wieder mit mir zusammen sein willst.«

»Ob ich will? Du machst wohl Witze!«

»Na ja ... ich würde es ja verstehen, wenn nicht ... Schließlich habe ich mich wie ein Volltrottel aufgeführt. Wenn du also doch lieber den Kumpel-Status beibehalten möchtest ...«

Oh nein. Nein, das will ich auf keinen Fall!

»Kommt überhaupt nicht infrage!«, unterbreche ich ihn, und dann mache ich das, was ich am liebsten schon bei unserem Abschied in Edinburgh getan hätte: Ich küsse ihn mitten auf den Mund!

Es ist ein ziemlich langer Kuss.

Und ein ziemlich guter.

Ein überhaupt nicht kumpelhafter.

Hach!

»Ich kenne nun all deine geheimen Gedanken, du meine aber nicht«, sagt Nick plötzlich und grinst schief.

»Ähm ...«, stammele ich verwirrt.

Da zieht er ein schwarzes, ledergebundenes Büchlein aus seinem Rucksack hervor und überreicht es mir.

»Was ist das?«

»Mein Tagebuch. Ich will nämlich gewinnen, wenn es darum geht, peinliche Geständnisse zu machen.«

Mir fällt keine bessere Antwort darauf ein als ein weiterer Kuss. Noch länger. Noch unkumpelhafter …

Was hab ich mir vorhin am Flughafen überlegt? Eine Liste der Dinge, die als Single mehr Spaß machen? Was für ein Stuss! Nichts davon ist so schön, wie verliebt zu sein. Und das geht nur zu zweit. So einfach ist das.

ENDE

Pink